William Shakespeare

Le roi Jean

© 2022 Culturea Editions
Editions : Culturea (Hérault, 34)
ISBN : 9782382745366
Date de parution : mai 2022
Tous droits réservés pour tous pays

NOTICE SUR LE ROI JEAN

Shakspeare n'a point écrit ses drames historiques dans l'ordre chronologique et pour reproduire sur le théâtre, comme ils s'étaient successivement développés en fait, les événements et les personnages de l'histoire d'Angleterre. Il ne songeait pas à travailler sur un plan ainsi général et systématique. Il composait ses pièces selon que telle ou telle circonstance lui en fournissait l'idée, lui en inspirait la fantaisie, ou lui en imposait la nécessité, ne se souciant guère de la chronologie des sujets ni de l'ensemble que tels ou tels ouvrages pouvaient former. Il a porté sur la scène presque toute l'histoire d'Angleterre, du treizième au seizième siècle, depuis Jean sans Terre jusqu'à Henri VIII, commençant par le quinzième siècle et le roi Henri VI pour remonter ensuite au treizième siècle et au roi Jean, et ne finissant qu'après avoir plusieurs fois encore interverti l'ordre des siècles et des rois. Voici, selon ses plus savants commentateurs, selon M. Malone, entre autres, la chronologie théâtrale de ses six drames historiques:

1° Première partie du roi *Henri VI* (roi de 1422 à 1461), composée en 1589.

2° Deuxième partie de *Henri VI*, 1591.

3° Troisième partie de *Henri VI*, 1591.

4° *Le Roi Jean* (de 1199 à 1216), 1596.

5° *Le Roi Richard II* (de 1377 à 1399), 1597.

6° *Le Roi Richard III* (de 1483 à 1485), 1599.

7° Première partie du roi *Henri IV* (de 1399 à 1413), 1597.

8° Deuxième partie de *Henri IV*, 1598.

9° *Le Roi Henri V* (de 1413 à 1422), 1599.

10° *Le Roi Henri VIII* (de 1509 à 1547), 1601.

Mais après avoir exactement indiqué l'ordre chronologique de la composition des drames historiques de Shakspeare, il faut, pour en bien apprécier le caractère et l'enchaînement dramatique, les replacer comme nous le faisons dans l'ordre vrai des événements; ainsi seulement on assiste au spectacle du génie de Shakspeare déroulant et ranimant l'histoire de son pays.

En choisissant pour sujet d'une tragédie le règne de Jean sans Terre, Shakspeare s'imposait la nécessité de ne pas respecter scrupuleusement l'histoire. Un règne où, dit Hume, «l'Angleterre se vit déjouée et humiliée dans toutes ses entreprises,» ne pouvait être représenté dans toute sa vérité devant un public anglais et une cour anglaise; et le seul souvenir du roi Jean auquel la nation doive attacher du prix, la grande Charte, n'était pas de ceux qui devaient intéresser vivement une reine telle qu'Élisabeth. Aussi la pièce de Shakspeare ne présente-t-elle qu'un sommaire des dernières années de ce règne honteux; et l'habileté du poëte s'est employée à voiler le caractère de son principal personnage sans le défigurer, à dissimuler la couleur des événements sans les dénaturer. Le seul fait sur lequel Shakspeare ait pris nettement la résolution de substituer l'invention à la vérité, ce sont les rapports de Jean avec la France; il faut assurément toutes les illusions de la vanité nationale pour que Shakspeare ait pu présenter et pour que les Anglais aient supporté le spectacle de Philippe-Auguste succombant sous l'ascendant de Jean sans Terre. C'est tout au plus ainsi qu'on aurait pu l'offrir à Jean lui-même lorsqu'enfermé à Rouen, tandis que Philippe s'emparait de ses possessions en France, il disait tranquillement: «Laissez faire les Français, je reprendrai en un jour ce qu'ils mettent des années à conquérir.» Tout ce qui, dans la pièce de Shakspeare, est relatif à la guerre avec la France, semble avoir été inventé pour la justification de cette gasconnade du plus lâche et du plus insolent des princes.

Dans le reste du drame, l'action même et l'indication des faits qu'il n'était pas possible de dissimuler, suffisent pour faire entrevoir ce caractère où le poëte n'a pas osé pénétrer, où il n'eût pu même pénétrer qu'avec dégoût; mais ni un pareil personnage, ni cette manière gênée de le peindre n'étaient susceptibles d'un grand effet dramatique; aussi Shakspeare a-t-il fait porter l'intérêt de sa pièce sur le sort du jeune Arthur; aussi a-t-il chargé Faulconbridge de ce rôle original et brillant où l'on sent qu'il se complaît, et qu'il ne se refuse guère dans aucun de ses ouvrages.

Shakspeare a présenté le jeune duc de Bretagne à l'âge où pour la première fois on eut à faire valoir ses droits après la mort de Richard, c'est-à-dire environ à douze ans. On sait qu'Arthur en avait vingt-cinq ou vingt-six, qu'il était déjà marié et intéressant par d'aimables et brillantes qualités lorsqu'il fut fait prisonnier par son oncle; mais le poëte a senti combien ce spectacle de la faiblesse aux prises avec la cruauté était plus intéressant dans un enfant; et d'ailleurs, si Arthur n'eût été un enfant, ce n'est pas sa mère qu'il eût été permis de mettre en avant à sa place; en supprimant le rôle de Constance, Shakspeare nous eût peut-être privés de la peinture la plus pathétique qu'il ait jamais tracée de l'amour maternel, l'un des sentiments où il a été le plus profond.

En même temps qu'il a rendu le fait plus touchant, il en a écarté l'horreur en diminuant l'atrocité du crime. L'opinion la plus généralement répandue, c'est qu'Hubert de Bourg, qui ne s'était chargé de faire périr Arthur que pour le sauver, ayant en effet trompé la cruauté de son oncle par de faux rapports et par un simulacre d'enterrement, Jean, qui fut instruit de la vérité, tira d'abord Arthur du château de Falaise où il était sous la garde d'Hubert, se rendit lui-même de nuit et par eau à Rouen, où il l'avait fait renfermer, le fit amener dans son bateau, le poignarda de sa main, puis attacha une pierre à son corps et le jeta dans la rivière. On conçoit qu'un véritable poëte ait écarté une semblable image. Indépendamment de la nécessité d'absoudre son principal personnage d'un crime aussi odieux, Shakspeare a compris combien les lâches remords de Jean, quand il voit le danger où le plonge le bruit de la mort de son neveu, étaient plus dramatiques et plus conformes à la nature générale de l'homme que cet excès d'une brutale férocité; et, certes, la belle scène de Jean avec Hubert, après la retraite des lords, suffit bien pour justifier un pareil choix. D'ailleurs le tableau que présente Shakspeare saisit trop vivement son imagination et acquiert à ses yeux trop de réalité pour qu'il ne sente pas qu'après la scène incomparable où Arthur obtient sa grâce d'Hubert, il est impossible de supporter l'idée qu'aucun être humain porte la main sur ce pauvre enfant, et lui fasse subir de nouveau le supplice de l'agonie à laquelle il vient d'échapper; le poëte sait de plus que le spectacle de la mort d'Arthur, bien que moins cruel, serait encore intolérable si, dans l'esprit des spectateurs, il était accompagné de l'angoisse qu'y ajouterait la pensée de Constance; il a eu soin de nous apprendre la mort de la mère avant de nous rendre témoin de celle du fils; comme si, lorsque son génie a conçu, à un certain degré, les douleurs d'un sentiment ou d'une passion, son âme trop tendre s'en effrayait et cherchait pour son propre compte à les adoucir. Quelque malheur que peigne Shakspeare, il fait presque toujours deviner un malheur plus grand devant lequel il recule et qu'il nous épargne.

Le caractère du bâtard Faulconbridge a été fourni à Shakspeare par une pièce de Rowley, intitulée: *The troublesome Reign of King John*, qui parut en 1591, c'est-à-dire cinq ans avant celle de Shakspeare, composée, à ce qu'on croit, en 1596. La pièce de Rowley fut réimprimée en 1611 avec le nom de Shakspeare, artifice assez ordinaire aux libraires et aux éditeurs du temps. Cette circonstance, et l'aisance avec laquelle Shakspeare a puisé dans cet ouvrage, ont fait croire à plusieurs critiques qu'il y avait mis la main, et que *la Vie et la mort du roi Jean* n'était qu'une refonte du premier ouvrage; mais il ne paraît pas qu'il y ait eu aucune part.

Selon sa coutume, en empruntant à Rowley ce qui lui a convenu, Shakspeare a ajouté de grandes beautés à son orignal, mais il en a conservé presque toutes les erreurs. Ainsi Rowley a supposé que c'était le duc d'Autriche qui avait tué Richard Coeur de Lion, et en même temps il fait tuer le duc d'Autriche par Faulconbridge, personnage historique dont parle Mathieu Pâris sous le nom de Falçasius de Brente, fils naturel de Richard, et qui, selon Hollinshed, tua le vicomte de Limoges pour venger la mort de son père, tué, comme on sait, au siége de Chaluz, château appartenant à ce seigneur. Pour concilier la version de Hollinshed avec la sienne, Rowley a fait de *Limoges* le nom de famille du duc d'Autriche, qu'il nomme ainsi, *Limoges, duc d'Autriche*. Shakspeare l'a suivi exactement en ceci.

C'est de même au duc d'Autriche qu'il attribue la mort de Richard; c'est de même le duc d'Autriche qui, dans la pièce, reçoit la mort de la main de Faulconbridge; et quant à la confusion des deux personnages, il paraît que Shakspeare ne s'en est pas fait plus de scrupule que Rowley, si l'on en peut juger par l'interpellation de Constance au duc d'Autriche dans la première scène du troisième acte, où, s'adressant à lui, elle s'écrie: *ô Limoges, ô Austria* ! Le caractère de Faulconbridge est une de ces créations du génie de Shakspeare où se retrouve la nature de tous les temps et de tous les pays: Faulconbridge est le vrai soldat, le soldat de fortune, ne reconnaissant personnellement de devoir inflexible qu'envers le chef auquel il a dévoué sa vie et de qui il a reçu la récompense de son courage, et cependant ne demeurant étranger à aucun des sentiments sur lesquels se fondent les autres devoirs, obéissant même à ces instincts d'une rectitude naturelle toutes les fois qu'ils ne se trouvent pas en contradiction avec le voeu de soumission et de fidélité implicite auquel appartient son existence, et même sa conscience: il sera humain, généreux, il sera juste aussi souvent que ce voeu ne lui ordonnera pas l'inhumanité, l'injustice, la mauvaise foi; il juge bien les choses auxquelles il se soumet, et n'est dans l'erreur que sur la nécessité de s'y soumettre; il est habile autant que brave, et n'aliène point son jugement en renonçant à le suivre; c'est une nature forte que les circonstances et le besoin d'employer son activité en un sens quelconque ont réduite à une infériorité morale dont une disposition plus calme et des réflexions plus approfondies sur la véritable destination des hommes l'auraient vraisemblablement préservée. Mais, avec le tort de n'avoir pas cherché assez haut les objets de sa fidélité et de son dévouement, Faulconbridge a le mérite éminent d'un dévouement et d'une fidélité inébranlables, vertus singulièrement hautes, et par le sentiment dont elles émanent, et par les grandes actions dont elles peuvent être la source. Son langage est, comme sa conduite, le résultat d'un mélange de bon sens et d'ardeur d'imagination qui enveloppe souvent la raison dans un fracas de paroles très-naturel aux hommes de la profession et du caractère de Faulconbridge; sans cesse livrés à l'ébranlement des scènes et des actions les plus violentes, ils ne peuvent trouver dans le langage ordinaire de quoi rendre les impressions dont se compose l'habitude de leur vie.

Le style général de la pièce est moins ferme et d'une couleur moins prononcée que celui de plusieurs autres tragédies du même poëte; la contexture de l'ouvrage est aussi un peu vague et faible, ce qui tient au défaut d'une idée unique qui ramène sans cesse toutes les parties à un même centre. La seule idée de ce genre qu'on puisse apercevoir dans *le Roi Jean*, c'est la haine de la domination étrangère l'emportant sur la haine d'une usurpation tyrannique. Pour que cette idée fût saillante et occupât constamment l'esprit du spectateur, il faudrait qu'elle se reproduisît partout, que tout contribuât à faire ressortir le malheur de la lutte entre ces deux sentiments; mais ce plan, un peu vaste pour un ouvrage dramatique, devenait d'ailleurs inconciliable avec la réserve que s'imposait Shakspeare sur le caractère du roi: aussi une grande partie de la pièce se passe-t-elle en discussions de peu d'intérêt, et dans le reste les événements ne sont pas assez bien amenés; les lords changent trop légèrement de parti, soit d'abord à cause de la mort d'Arthur, soit ensuite par un motif de crainte personnelle, qui ne présente pas sous un point de vue assez honorable leur retour à la cause d'Angleterre. L'emprisonnement du roi Jean n'est pas non plus préparé avec le soin que met d'ordinaire Shakspeare à fonder et à justifier la moindre circonstance de son drame: rien n'indique ce qui a pu porter le moine à une action aussi désespérée, puisqu'en ce moment Jean était réconcilié avec Rome. La tradition à laquelle Shakspeare a emprunté ce fait apocryphe attribue l'action du moine au besoin de se venger d'un mot offensant que lui avait dit le roi. On ne sait trop ce qui a pu porter Shakspeare à adopter ce conte, dont il a tiré si peu de parti: peut-être a-t-il voulu donner aux derniers moments de Jean quelque chose d'une souffrance infernale, sans avoir recours à des remords qui en effet n'eussent pas été plus d'accord avec le caractère réel de ce méprisable prince qu'avec la manière adoucie dont le poëte l'a tracé.

PERSONNAGES

LE ROI JEAN. LE PRINCE HENRI son fils, depuis le roi Henri III. ARTHUR, duc de Bretagne, fils de Geoffroy, dernier duc de Bretagne; et frère aîné du roi Jean. GUILLAUME MARESHALL, comte de Pembroke. GEOFFROY FITZ-PETER, comte d'Essex, grand justicier d'Angleterre. GUILLAUME LONGUE-ÉPÉE, comte de Salisbury. ROBERT BIGOT, comte de Norfolk. HUBERT. ROBERT FAULCONBRIDGE, fils de sir Robert Faulconbridge. PHILIPPE FAULCONBRIDGE, son frère utérin, bâtard du roi Richard Ier. JACQUES GOURNEY, attaché au service de lady Faulconbridge. PIERRE DE POMFRET, prophète. PHILIPPE, roi de France. LOUIS, dauphin. L'ARCHIDUC D'AUTRICHE. LE CARDINAL PANDOLPHE, légat du pape. MELUN, seigneur français. CHATILLON, ambassadeur de France envoyé au roi Jean. ÉLÉONORE, veuve du roi Henri II, et mère du roi Jean. CONSTANCE, mère d'Arthur. BLANCHE, fille d'Alphonse, roi de Castille, et nièce du roi Jean. LADY FAULCONBRIDGE, mère du bâtard et de Robert Faulconbridge.

SEIGNEURS, DAMES, CITOYENS D'ANGERS, OFFICIERS, SOLDATS, HÉRAUTS, MESSAGERS, ET AUTRES GENS DE

SUITE.

La scène est tantôt en Angleterre, et tantôt en France.

ACTE PREMIER

SCÈNE I

Northampton.- Une salle de représentation dans le palais.

Entrent LE ROI JEAN, LA REINE ÉLÉONORE, PEMBROKE, ESSEX, et SALISBURY *avec* CHATILLON.

LE ROI JEAN.- Eh bien, Châtillon, parlez; que veut de nous la France ?

CHATILLON.- Ainsi, après vous avoir salué, parle le roi de France, par moi son ambassadeur, à Sa Majesté, à Sa Majesté usurpée d'Angleterre.

ÉLÉONORE.- Étrange début ! Majesté usurpée !

LE ROI JEAN.- Silence, ma bonne mère, écoutez l'ambassade.

CHATILLON.- Philippe de France, suivant les droits et au nom du fils de feu Geoffroy votre frère, Arthur Plantagenet, fait valoir ses titres légitimes à cette belle île et son territoire, l'Irlande, Poitiers, l'Anjou, la Touraine, le Maine, vous invitant à déposer l'épée qui usurpe la domination de ces différents titres, et à la remettre dans la main du jeune Arthur, votre neveu, votre royal et vrai souverain.

LE ROI JEAN.- Et que s'ensuivra-t-il si nous nous y refusons ?

CHATILLON.- L'impérieuse entremise d'une guerre sanglante et cruelle, pour ressaisir par la force des droits que la force seule refuse.

LE ROI JEAN.- Ici nous avons guerre pour guerre, sang pour sang, hostilité pour hostilité: c'est ainsi que je réponds au roi de France.

CHATILLON.- Dès lors recevez par ma bouche le défi de mon roi, dernier terme de mon ambassade.

LE ROI JEAN.- Porte-lui le mien, et va-t'en en paix.- Sois aux yeux de la France comme l'éclair; car avant que tu aies pu annoncer que j'y viendrai, le tonnerre de mon canon s'y fera entendre. Ainsi donc, va-t'en ! sois la trompette de ma vengeance et le sinistre présage de votre ruine.- Qu'on lui donne une escorte honorable; Pembroke, veillez-y.- Adieu, Châtillon.

(Châtillon et Pembroke sortent.)

ÉLÉONORE.- Eh bien, mon fils ! n'ai-je pas toujours dit que cette ambitieuse Constance n'aurait point de repos qu'elle n'eût embrasé la

France et le monde entier pour les droits et la cause de son fils ? Quelques faciles arguments d'amour auraient pu cependant prévenir et arranger ce que le gouvernement de deux royaumes doit régler maintenant par des événements terribles et sanglants.

LE ROI JEAN.- Nous avons pour nous notre solide possession et notre droit.

ÉLÉONORE.- Votre solide possession bien plus que votre droit; autrement cela irait mal pour vous et moi; ma conscience confie ici à votre oreille ce que personne n'entendra jamais que le ciel, vous et moi.

(Entre le shérif de Northampton, qui parle bas à Essex.)

ESSEX.- Mon souverain, on apporte ici de la province, pour être soumis à votre justice, le plus étrange différend dont j'aie jamais entendu parler: introduirai-je les parties ?

LE ROI JEAN.- Qu'elles approchent.- Nos abbayes et nos prieurés payeront les frais de cette expédition. (*Le shérif rentre avec Robert Faulconbridge et Philippe son frère bâtard.*) Quelles gens êtes-vous ?

PHILIPPE FAULCONBRIDGE.- Je suis moi, votre fidèle sujet, un gentilhomme né dans le comté de Northampton, et fils aîné, comme je le suppose, de Robert Faulconbridge, soldat fait chevalier sur le champ de bataille par Coeur de Lion, dont la main conférait l'honneur.

LE ROI JEAN.- Et toi, qui es-tu ?

ROBERT FAULCONBRIDGE.- Le fils et l'héritier du même Faulconbridge.

LE ROI JEAN.- Celui-ci est l'aîné, et tu es l'héritier ? Vous ne veniez donc pas de la même mère, ce me semble.

PHILIPPE FAULCONBRIDGE.- Très-certainement de la même mère, puissant roi; cela est bien connu, et du même père aussi, à ce que je pense; mais pour la connaissance certaine de cette vérité, je vous en réfère au ciel et à ma mère; quant à moi j'en doute, comme peuvent le faire tous les enfants des hommes.

ÉLÉONORE.- Fi donc ! homme grossier, tu diffames ta mère et blesses son honneur par cette méfiance.

PHILIPPE FAULCONBRIDGE.- Moi, madame ? Non, je n'ai aucune raison pour cela; c'est la prétention de mon frère, et non pas la mienne; s'il peut le prouver, il me chasse de cinq cents bonnes livres de revenu au moins. Que le ciel garde l'honneur de ma mère, et mon héritage avec !

LE ROI JEAN.- Un bon garçon tout franc.- Pourquoi ton frère, étant le plus jeune, réclame-t-il ton héritage ?

PHILIPPE FAULCONBRIDGE.- Je ne sais pas pourquoi, si ce n'est pour s'emparer du bien. Une fois il m'a insolemment accusé de bâtardise: que je sois engendré aussi légitimement que lui, oui ou non, c'est ce que je mets sur la tête de ma mère; mais que je sois aussi bien engendré que lui, mon souverain (que les os qui prirent cette peine pour moi reposent doucement), comparez nos visages, et jugez vous-même, si le vieux sir Robert nous engendra tous deux, s'il fut notre père;- que celui-là lui ressemble. O vieux sir Robert, notre père, je remercie le ciel à genoux de ce que je ne vous ressemble pas !

LE ROI JEAN.- Quelle tête à l'envers le ciel nous a envoyée là !

ÉLÉONORE.- Il a quelque chose du visage de Coeur de Lion, et l'accent de sa voix le rappelle; ne découvrez-vous pas quelques traces de mon fils dans la robuste structure de cet homme ?

LE ROI JEAN.- Mon oeil a bien examiné les formes et les trouve parfaitement celles de Richard. Parle, drôle, quels sont tes motifs pour prétendre aux biens de ton frère ?

PHILIPPE FAULCONBRIDGE.- Parce qu'il a une moitié du visage semblable à mon père; avec cette moitié de visage il voudrait avoir tous mes biens. Une pièce de quatre sous[1] à demi face, cinq cents livres de revenu !

[Note 1: *Half faced groat*, ce fut sous Henri VII que l'on frappa des *groats*, pièces de quatre sous portant la figure du roi de profil. Jusque-là presque toutes les monnaies d'argent avaient porté la figure de face.]

ROBERT FAULCONBRIDGE.- Mon gracieux souverain, lorsque mon père vivait, votre frère l'employait beaucoup.

PHILIPPE FAULCONBRIDGE.- Fort bien; mais cela ne fait pas que vous puissiez, monsieur, vous emparer de mon bien; il faut que vous nous disiez comment il employait ma mère.

ROBERT FAULCONBRIDGE.- Une fois il l'envoya en ambassade en Allemagne pour y traiter avec l'empereur d'affaires importantes de ce temps-là. Le roi se prévalut de son absence, et tout le temps qu'elle dura, il séjourna chez mon père. Vous dire comment il y réussit, j'en ai honte, mais la vérité est la vérité. De vastes étendues de mer et de rivages étaient entre mon père et ma mère, (comme je l'ai entendu dire à mon père lui-même), lorsque ce vigoureux gentilhomme que voilà fut engendré. A son lit de mort il me légua ses terres par testament, et jura par sa mort que celui-ci, fils de ma mère, n'était point à lui; ou que s'il l'était, il était venu au monde quatorze grandes semaines avant que le cours du temps fût accompli. Ainsi donc, mon bon souverain, faites que je possède ce qui est à moi, les biens de mon père, suivant la volonté de mon père.

LE ROI JEAN.- Jeune homme, ton frère est légitime; la femme de ton père le conçut après son mariage; et si elle n'a pas joué franc jeu, à elle seule en est la faute; faute dont tous les maris courent le hasard du jour où ils prennent femme. Dis-moi, si mon frère, qui, à ce que tu dis, prit la peine d'engendrer ce fils, avait revendiqué de ton père ce fils comme le sien, n'est-il pas vrai, mon ami, que ton père aurait pu retenir ce veau, né de sa vache, en dépit du monde entier; oui, ma foi, il l'aurait pu: donc, si étant à mon frère, mon frère ne pouvait pas le revendiquer, ton père non plus ne peut point le refuser, lors même qu'il n'est pas à lui.- Cela est concluant.- Le fils de ma mère engendra l'héritier de ton père; l'héritier de ton père doit avoir les biens de ton père.

ROBERT FAULCONBRIDGE.- La volonté de mon père n'aura donc aucune force, pour déposséder l'enfant qui n'est pas le sien ?

PHILIPPE FAULCONBRIDGE.- Pas plus de force, monsieur, pour me déposséder que n'en eut sa volonté pour m'engendrer, à ce que je présume.

ÉLÉONORE.- Qu'aimerais-tu mieux: être un Faulconbridge et ressembler à ton frère, pour jouir de ton héritage, ou être réputé le fils de Coeur de Lion, seigneur de ta bonne mine, et pas de biens avec ?

PHILIPPE FAULCONBRIDGE.- Madame, si mon frère avait ma tournure et que j'eusse la sienne, celle de sir Robert, à qui il ressemble, si mes jambes étaient ces deux houssines comme celles-là, que mes bras fussent ainsi rembourrés comme des peaux d'anguille, ma face si maigre, que je craignisse d'attacher une rose à mon oreille, de peur qu'on ne dît: voyez où va cette pièce de trois liards[2], et que je fusse, à raison de cette tournure, héritier de tout ce royaume, je ne veux jamais bouger de cette place, si je ne donnais jusqu'au dernier pouce pour avoir ma figure. Pour rien au monde je ne voudrais être sir Rob[3].

[Note 2: *Where three farthings goes.* La reine Élisabeth avait fait frapper différentes pièces de monnaies, entre autres des pièces de trois *farthings*, environ trois liards, portant d'un côté son effigie et de l'autre une rose. La pièce de trois *farthings* était d'argent et extrêmement mince; la mode de porter une rose à son oreille appartenait au même temps.]

[Note 3: *Rob* diminutif de *Robert*, et probablement un terme de mépris.]

ÉLÉONORE.- Tu me plais: veux-tu renoncer à ta fortune, lui abandonner ton bien et me suivre ? Je suis un soldat et sur le point de passer en France.

PHILIPPE FAULCONBRIDGE.- Frère, prenez mon bien, je prendrai, moi, la chance qui m'est offerte. Votre figure vient de gagner cinq cents livres de revenu; cependant, vendez-la cinq sous, et ce sera cher.- Madame, je vous suivrai jusqu'à la mort.

ÉLÉONORE.- Ah ! mais je voudrais que vous y arrivassiez avant moi.

PHILIPPE FAULCONBRIDGE.- L'usage à la campagne est de céder à nos supérieurs.

LE ROI JEAN.- Quel est ton nom ?

PHILIPPE FAULCONBRIDGE.- Philippe, mon souverain, c'est ainsi que commence mon nom. Philippe, fils aîné de la femme du bon vieux sir Robert.

LE ROI JEAN.- Dès aujourd'hui porte le nom de celui dont tu portes la figure. Agenouille-toi Philippe, mais relève-toi plus grand, relève-toi sir Richard et Plantagenet.

PHILIPPE FAULCONBRIDGE.- Frère du côté maternel, donnez-moi votre main; mon père me donna de l'honneur, le vôtre vous donna du bien.- Maintenant, bénie soit l'heure de la nuit ou du jour où je fus engendré en l'absence de sir Robert !

ÉLÉONORE.- La vraie humeur des Plantagenets !- Je suis ta grand'mère, Richard; appelle-moi ainsi.

PHILIPPE FAULCONBRIDGE.- Par hasard, madame, et non par la bonne foi. Eh bien, quoi ? légèrement à gauche, un peu hors du droit chemin, par la fenêtre ou par la lucarne: qui n'ose sortir le jour marche nécessairement de nuit; tenir est tenir, de quelque manière qu'on y soit parvenu; de près ou de loin a bien gagné qui a bien visé; et je suis moi, de quelque façon que j'aie été engendré.

LE ROI JEAN.- Va, Faulconbridge, tu as maintenant ce que tu voulais: un chevalier sans terre te fait écuyer terrier.- Venez, madame, et vous aussi Richard, venez. Hâtons-nous de partir pour la France, pour la France, cela est plus que nécessaire.

PHILIPPE FAULCONBRIDGE.- -Frère, adieu: que la fortune te soit favorable, car tu fus engendré dans la voie de l'honnêteté. (*Tous les personnages sortent, excepté Philippe.*) D'un pied d'honneur plus riche que je n'étais, mais plus pauvre de bien, bien des pieds de terrain.- Allons, actuellement je puis faire d'une Jeannette une lady.- *Bonjour, sir Richard.- Dieu vous le rende, mon ami.*- Et s'il s'appelle George, je l'appellerai Pierre; car un honneur de date récente oublie le nom des gens: ce serait trop attentif et trop poli pour votre changement de destinée.- Et votre voyageur[4].- Lui et son cure-dent ont leur place aux repas de ma seigneurie; et lorsque mon estomac de chevalier est satisfait, alors je promène ma langue autour de mes dents, et j'interroge mon élégant convive sur les pays qu'il a parcourus: *Mon cher monsieur* (c'est ainsi que je commence, appuyé sur mon coude), *je vous supplie...-* Voilà la demande, et voici incontinent la réponse, comme dans un alphabet: *O monsieur*, dit la réponse, *à vos ordres très-honorés, à votre service, à votre disposition, monsieur....- Non, monsieur*, dit la question: *c'est moi, mon cher monsieur, qui suis à la vôtre...* et la réponse devinant toujours ainsi ce que veut la demande, épargne un dialogue de compliments, et nous entretient des Alpes, des Apennins, des Pyrénées et de la rivière du Pô, arrivant ainsi à l'heure du souper. Voilà la société digne de mon rang, et qui cadre avec un esprit ambitieux comme le mien ! car c'est un vrai bâtard du temps (ce que je serai toujours quoique je fasse) celui qui ne se pénètre pas des moeurs qu'il observe, et cela, non-seulement par rapport à ses habitudes de corps et d'esprit, ses formes extérieures et son costume, mais qui ne sait pas encore débiter de son propre fonds le doux poison, si doux au goût du siècle: ce que toutefois je ne veux point pratiquer pour tromper, mais que je veux apprendre pour éviter d'être trompé, et pour semer de fleurs les degrés de mon élévation.- Mais, qui vient si vite en costume de cheval ? Quelle est cette femme postillon ? N'a-t-elle point de mari qui prenne la peine de sonner du cor devant elle ? (*Entrent lady Faulconbridge et Jacques Gourney.*) O Dieu ! c'est ma mère ! Quoi ! vous à cette heure, ma bonne dame ? qui vous amène si précipitamment ici, à la cour ?

[Note 4: Recevoir et questionner les voyageurs était du temps de Shakspeare l'un des passe-temps les plus recherchés de la bonne compagnie. L'usage du cure-dent était regardé comme une affectation de goût pour les modes étrangères.]

LADY FAULCONBRIDGE.- Où est ce misérable, ton frère ? où est celui qui pourchasse en tous sens mon honneur ?

LE BATARD.- - Mon frère Robert ? le fils du vieux sir Robert ? le géant Colbrand[5], cet homme puissant ? est-ce le fils de sir Robert que vous cherchez ainsi ?

[Note 5: Colbrand était un géant danois que Guy de Warwick vainquit en présence du roi Athelstan.]

LADY FAULCONBRIDGE.- Le fils de sir Robert ! Oui, enfant irrespectueux, le fils de sir Robert: pourquoi ce mépris pour sir Robert ? Il est le fils de sir Robert, et toi aussi.

LE BATARD.- Jacques Gourney, voudrais-tu nous laisser pour un moment ?

GOURNEY.- De tout mon coeur, bon Philippe.

LE BATARD.- Philippe ! le pierrot[6] !- Jacques, il court des bruits.... Tantôt je t'en dirai davantage. (*Jacques sort.*)- Madame je ne suis point le fils du vieux sir Robert; sir Robert aurait pu manger un vendredi saint toute la part qu'il a eue en moi, sans rompre son jeûne; Sir Robert pouvait bien faire, mais de bonne foi, avouez-le, a-t-il pu m'engendrer ? Sir Robert ne le pouvait pas; nous connaissons de ses oeuvres.- Ainsi donc, ma bonne mère, à qui suis-je redevable de ces membres ? Jamais sir Robert n'a aidé à faire cette jambe.

LADY FAULCONBRIDGE.- T'es-tu ligué avec ton frère, toi, qui pour ton propre avantage devrais défendre mon honneur ? Que veut dire ce mépris, varlet indiscipliné[7] ?

LE BATARD.- Chevalier, chevalier, ma bonne mère, comme Basilisco[8]. Je viens d'être armé; et j'ai le coup sur mon épaule. Mais, ma mère, je ne suis plus le fils de sir Robert; j'ai renoncé à sir Robert et à mon héritage; nom, légitimité, tout est parti; ainsi, ma bonne mère, faites-moi connaître mon père; c'est quelque homme bien tourné, j'espère: qui était-ce, ma mère ?

[Note 6: On donne aux *pierrots* le nom de *Philippe*, à cause de leur cri qui paraît se rapprocher du son de ce nom.]

[Note 7: *Knave*. Ce nom de *varlet*, porté par les jeunes gentilshommes qui n'avaient point encore pris rang dans la chevalerie, était ici le sens exact du mot *knave*, et le seul qui pût faire comprendre la réponse du bâtard. Pour conserver leur véritable couleur et toute leur énergie, les pièces de Shakspeare, du moins celles dont le sujet est tiré de l'histoire d'Angleterre, auraient besoin d'être traduites en vieux langage.]

[Note 8: *Basilisco*, personnage ridicule d'une mauvaise comédie anglaise.]

LADY FAULCONBRIDGE.- As-tu nié d'être un Faulconbridge ?

LE BATARD.- D'aussi grand coeur que je renie le diable.

LADY FAULCONBRIDGE.- Le roi Richard Coeur de Lion fut ton père; séduite par une poursuite assidue et pressante, je lui donnai place dans le lit de mon mari. Que le ciel ne me l'impute point à péché ! Tu fus le fruit d'une faute qui m'est encore chère, et à laquelle je fus trop vivement sollicitée, pour pouvoir me défendre.

LE BATARD.- Maintenant, par cette lumière, si j'étais encore à naître, madame, je ne souhaiterais pas un plus noble père. Il est des fautes privilégiées sur la terre, et la vôtre est de ce nombre: votre faute ne fut point folie. Il fallait bien mettre votre coeur à la discrétion de Richard, comme un tribut de soumission à son amour tout-puissant; de Richard dont le lion intrépide ne put soutenir la furie et la force incomparable, ni préserver son coeur royal de la main du héros[9]. Celui qui ravit de force le coeur des lions, peut facilement s'emparer de celui d'une femme. Oui, ma mère, de toute mon âme je vous remercie de mon père ! Qu'homme qui vive ose dire que vous ne fîtes pas bien, lorsque je fus engendré, j'enverrai son âme aux enfers. Venez, madame, je veux vous présenter à mes parents; et ils diront que le jour où Richard m'engendra, si tu lui avais dit non, c'eût été un crime. Quiconque dit que c'en fut un en a menti; je dis, moi, que ce n'en fut pas un.

[Note 9: Allusion à une ancienne romance et à de vieilles chroniques où l'on raconte que le roi Richard arracha le coeur d'un lion que le duc d'Autriche avait fait entrer dans sa prison pour le dévorer, en vengeance de la mort de son fils tué par Richard d'un coup de poing. Ce fut de cet exploit, disent la romance et les chroniques, que lui vint le surnom de *Coeur de Lion*, et c'est la peau portée par Richard que l'archiduc est supposé lui avoir prise après l'avoir tué.]

FIN DU PREMIER ACTE.

ACTE DEUXIÈME

SCÈNE I.

La scène est en France.- Devant les murs d'Angers.

Entrent d'un côté L'ARCHIDUC D'AUTRICHE *et ses soldats; de l'autre* PHILIPPE, *roi de France et ses soldats*; LOUIS, CONSTANCE, ARTHUR *et leur suite.*

LOUIS.- Soyez les bien arrivés devant les murs d'Angers, vaillant duc d'Autriche.- Arthur, l'illustre fondateur de ta race, Richard qui arracha le coeur à un lion et combattit dans les saintes guerres en Palestine, descendit prématurément dans la tombe par les mains de ce brave duc[10]; et lui, pour faire réparation à ses descendants, est ici venu sur notre demande déployer ses bannières pour ta cause, mon enfant, et faire justice de l'usurpation de ton oncle dénaturé, Jean d'Angleterre: embrasse-le, chéris-le, souhaite-lui la bienvenue.

[Note 10: Richard.- *By this brave duke came early to his grave.* (Voyez la note précédente.)]

ARTHUR.- Dieu vous pardonne la mort de Coeur de Lion, d'autant mieux que vous donnez la vie à sa postérité, en ombrageant ses droits sous vos ailes de guerre. Je vous souhaite la bienvenue d'une main sans pouvoir, mais avec un coeur plein d'un amour sincère: duc, soyez le bienvenu devant les portes d'Angers.

LOUIS.- Noble enfant ! qui ne voudrait te rendre justice ?

L'ARCHIDUC- Je dépose sur ta joue ce baiser plein de zèle, comme le sceau de l'engagement que prend ici mon amitié, de ne jamais retourner dans mes États jusqu'à ce qu'Angers, et les domaines qui t'appartiennent en France, en compagnie de ce rivage pâle et au blanc visage, dont le pied repousse les vagues mugissantes de l'Océan et sépare ses insulaires des autres contrées; jusqu'à ce que l'Angleterre, enfermée par la mer dont les flots lui servent de muraille, et qui se flatte d'être toujours hors de l'atteinte des projets de l'étranger, jusqu'à ce que ce dernier coin de l'Occident t'ait salué pour son roi: jusqu'alors, bel enfant, je ne songerai pas à mes États et ne quitterai point les armes.

CONSTANCE.- Oh ! recevez les remerciements de sa mère, les remerciements d'une veuve, jusqu'au jour où la puissance de votre bras lui aura donné la force de s'acquitter plus dignement envers votre amitié !

L'ARCHIDUC.- La paix du ciel est avec ceux qui tirent leur épée pour une cause aussi juste et aussi sainte.

PHILIPPE.- Eh bien ! alors, à l'ouvrage: dirigeons notre artillerie contre les remparts de cette ville opiniâtre.- Assemblons nos plus habiles tacticiens, pour dresser les plans les plus avantageux.- Nous laisserons devant cette ville nos os de roi; nous arriverons jusqu'à la place publique, en nous plongeant dans le sang des Français, mais nous la soumettrons à cet enfant.

CONSTANCE.- Attendez une réponse à votre ambassade, de crainte de souiller inconsidérément vos épées de sang. Châtillon peut nous rapporter d'Angleterre, par la paix, la justice que nous prétendons obtenir ici par la guerre. Nous nous reprocherions alors chaque goutte de sang que trop de précipitation et d'ardeur aurait fait verser sans nécessité.

(Châtillon entre).

PHILIPPE.- Chose étonnante, madame !- Voilà que sur votre désir est arrivé Châtillon, notre envoyé.- Dis en peu de mots ce que dit l'Angleterre, brave seigneur; nous t'écoutons tranquillement: parle,

Châtillon.

CHATILLON.- Retirez vos forces de ce misérable siége, et préparez-les à une tâche plus grande. Le roi d'Angleterre, irrité de vos justes demandes, a pris les armes; les vents contraires dont j'ai attendu le bon plaisir, lui ont donné le temps de débarquer ses légions aussi tôt que moi: il marche précipitamment vers cette ville; ses forces sont considérables, et ses soldats pleins de confiance. Avec lui est arrivée la reine mère, une Até, qui l'excite au sang et au combat; elle est accompagnée de sa nièce, la princesse Blanche d'Espagne: avec eux est un bâtard du feu roi, et tous les esprits turbulents du pays, intrépides volontaires pleins de fougue et de témérité, qui, sous des visages de femmes, portent la férocité des dragons. Ils ont vendu leurs biens dans leur pays natal, et apportent fièrement leur patrimoine sur leur dos, pour courir ici le hasard de fortunes nouvelles. En un mot, jamais plus brave élite de guerriers invincibles que celle que viennent d'amener les vaisseaux anglais ne vogua sur les flots gonflés, pour porter la guerre et le ravage au sein de la chrétienté.- Leurs tambours incivils qui m'interrompent (*les tambours battent*) m'interdisent plus de détails: ils sont à la porte pour parlementer ou pour combattre; ainsi préparez-vous.

PHILIPPE.- Combien peu nous étions préparés à une telle diligence !

L'ARCHIDUC- Plus elle est imprévue, plus nous devons redoubler d'efforts pour nous défendre. Le courage croît avec l'occasion: qu'ils soient donc les bienvenus; nous sommes prêts.

(Entrent le roi Jean, Éléonore, Blanche, le Bâtard, Pembroke avec une partie de l'armée.)

LE ROI JEAN.- Paix à la France, si la France permet que nous fassions en paix notre entrée juste et héréditaire dans ce qui nous appartient. Sinon, que la France soit ensanglantée, et que la paix remonte au ciel ! Tandis que nous, agents du Dieu de colère, nous châtierons l'orgueil méprisant qui chasse la paix vers le ciel.

PHILIPPE.- Paix à l'Angleterre, si ces guerriers retournent de France en Angleterre pour y vivre en paix. Nous aimons l'Angleterre; et c'est à cause de cet amour pour l'Angleterre que notre sueur coule ici sous le faix de notre armure. Ce labeur que nous accomplissons ici devrait être ton oeuvre; mais tu es si loin d'aimer l'Angleterre que tu as supplanté son roi légitime, rompu la ligne de succession, renversé la fortune d'un enfant et profané la pureté virginale de la couronne. Jette ici les yeux (*en montrant Arthur*) sur le visage de ton frère Geoffroy.- Ces yeux, ce front furent modelés sur les siens: ce petit abrégé contient toute la substance de ce qui est mort dans Geoffroy; et la main du temps tirera de cet abrégé un volume aussi considérable. Geoffroy était ton frère aîné, et voilà son fils; Geoffroy avait droit au royaume d'Angleterre, et cet enfant possède les droits de Geoffroy. Au nom de Dieu, comment advient-il donc que tu sois appelé roi, lorsque le sang de la vie bat dans les tempes à qui appartient la couronne dont tu t'empares ?

LE ROI JEAN.- De qui tires-tu, roi de France, la haute mission d'exiger de moi une réponse à tes interrogations ?

PHILIPPE.- Du Juge d'en haut, qui excite dans l'âme de ceux qui ont la puissance, la bonne pensée d'intervenir partout où il y a flétrissure et violation de droits. Ce juge a mis cet enfant sous ma tutelle; et c'est en son nom que j'accuse ton injustice, et avec son aide que je compte la châtier.

LE ROI JEAN.- Mais quoi ! c'est usurper l'autorité.

PHILIPPE.- Excuse-moi ! C'est abattre un usurpateur.

ÉLÉONORE.- Qu'appelles-tu usurpateur, roi de France ?

CONSTANCE.- Laissez-moi répondre:- l'usurpateur, c'est ton fils.

ÉLÉONORE.- Loin d'ici, insolente ! Oui, ton bâtard sera roi, afin que tu puisses être reine, et gouverner le monde !

CONSTANCE.- Mon lit fut toujours aussi fidèle à ton fils, que le tien le fut à ton époux: et cet enfant ressemble plus de visage à son père Geoffroy, que toi et Jean ne lui ressemblez de caractère; il lui ressemble comme l'eau à la pluie, ou le diable à sa mère. Mon enfant, un bâtard ! Sur mon âme, je crois que son père ne fut pas aussi légitimement engendré: cela est impossible, puisque tu étais sa mère.

ÉLÉONORE.- Voilà une bonne mère, enfant, qui flétrit ton père.

CONSTANCE.- Voilà une bonne grand'mère, enfant, qui voudrait te flétrir.

L'ARCHIDUC.- Paix.

LE BATARD.- Écoutez le crieur.

L'ARCHIDUC.- Quel diable d'homme es-tu ?

LE BATARD.- Un homme qui fera le diable avec vous, s'il peut vous attraper seul, vous et votre peau; vous êtes le lièvre, dont parle le proverbe, dont la valeur tire les lions morts par la barbe; je fumerai la peau qui vous sert de casaque, si je puis vous saisir à mon aise, drôle, songez-y; sur ma foi, je le ferai,- sur ma foi.

BLANCHE.- Oh ! cette dépouille de lion convient trop bien à celui-là qui l'a dérobée au lion !

LE BATARD.- Elle fait aussi bien sur son dos que les souliers du grand Alcide aux pieds d'un âne !- Mais, mon âne, je vous débarrasserai le dos de ce fardeau, comptez-y, ou bien j'y mettrai de quoi vous faire craquer les épaules.

L'ARCHIDUC.- Quel est ce fanfaron qui nous assourdit les oreilles avec ce débordement de paroles inutiles ?

PHILIPPE.- Louis, déterminez ce que nous allons faire.

LOUIS.- Femmes et fous, cessez vos conversations.- Roi Jean, en deux mots, voici le fait: Au nom d'Arthur, je revendique l'Angleterre et l'Irlande, l'Anjou, la Touraine, le Maine; veux-tu les céder et déposer les armes ?

LE ROI JEAN.- Ma vie, plutôt !- Roi de France, je te défie. Arthur de Bretagne, remets-toi entre mes mains; et tu recevras de mon tendre amour plus que jamais ne pourra conquérir la lâche main du roi de France, soumets-toi, mon garçon.

ÉLÉONORE.- Viens auprès de ta grand'mère, enfant.

CONSTANCE.- Va, mon enfant, va, mon enfant, auprès de cette grand'mère; donne-lui un royaume, à ta grand'mère, et ta grand'mère te donnera une plume, une cerise et une figue: la bonne grand'mère que voilà !

ARTHUR.- Paix ! ma bonne mère; je voudrais être couché au fond de ma tombe; je ne vaux pas tout le bruit qu'on fait pour moi.

ÉLÉONORE.- Sa mère lui fait une telle honte, pauvre enfant, qu'il en pleure.

CONSTANCE.- Que sa mère puisse lui faire honte ou non, ayez honte de vous-même. Ce sont les injustices de sa grand'mère et non l'opprobre de sa mère qui font tomber de ses pauvres yeux ces perles faites pour toucher le ciel et que le ciel acceptera comme honoraires: oui le ciel séduit par ces larmes de cristal lui fera justice et le vengera de vous.

ÉLÉONORE.- Indigne calomniatrice du ciel et de la terre !

CONSTANCE.- Toi, qui offenses indignement le ciel et la terre, ne m'appelle pas calomniatrice. Toi et ton fils vous usurpez les droits, possessions et apanages royaux de cet enfant opprimé; c'est le fils de ton fils aîné; il est malheureux par cela seul qu'il t'appartient. Tes péchés sont visités dans ce pauvre enfant; il est sous l'arrêt de la loi divine, bien qu'il soit éloigné à la seconde génération de ton sein qui a conçu le péché.

LE ROI JEAN.- Insensée, taisez-vous.

CONSTANCE.- Je n'ai plus que ceci à dire: il n'est pas seulement puni pour le péché de son aïeule, mais Dieu l'a prise elle et son péché pour instrument de ses vengeances; cette postérité éloignée est punie pour elle et par elle au moyen de son péché: le mal qu'elle lui fait est le bedeau de son péché; tout est puni dans la personne de cet enfant, et tout cela pour elle; malédiction sur elle !

ÉLÉONORE.- Criailleuse imprudente, je puis produire un testament qui annule les titres de ton fils.

CONSTANCE.- Et qui en doute ? Un testament ! un testament inique ! l'expression de la volonté d'une femme, de la volonté d'une grand'mère perverse !

PHILIPPE.- Cessez, madame, cessez, ou soyez plus modérée; il sied mal dans cette assemblée de s'attaquer par de si choquantes récriminations.- Qu'un trompette somme les habitants d'Angers de paraître sur les murs, pour qu'ils nous disent de qui ils admettent les droits, d'Arthur ou de Jean.

(Les trompettes sonnent. Les citoyens d'Angers paraissent sur les murs.)

UN CITOYEN.- Qui nous appelle sur nos murs ?

PHILIPPE.- C'est la France au nom de l'Angleterre.

LE ROI JEAN.- L'Angleterre par elle-même.- Habitants d'Angers et mes bons sujets....

PHILIPPE.- Bons habitants d'Angers, sujets d'Arthur, notre trompette vous a appelés à cette conférence amicale.

LE ROI JEAN.- Dans nos intérêts.- Écoutez-nous donc le premier.- Ces drapeaux de la France que vous voyez rangés ici en face et à la vue de votre ville, sont venus ici pour votre ruine; les canons ont leurs entrailles pleines de vengeance, et déjà ils sont montés et prêts à vomir contre vos murailles l'airain de leur colère; tous les préparatifs d'un siége sanglant et d'une guerre sans merci de la part de ces Français s'offrent aux yeux de votre ville. Vos portes précipitamment fermées, et, sans notre arrivée, ces pierres immobiles qui vous entourent, comme une ceinture, seraient, par l'effort de leur mitraille, arrachées à cette heure de leurs solides lits de chaux, et ouvriraient de larges brèches à la force sanguinaire pour attaquer en foule votre repos.- Mais à notre aspect, à l'aspect de votre roi légitime, qui, par une rapide et pénible marche est venu s'interposer entre vos portes et leur furie, sauver de toute injure les flancs de votre cité, voyez les Français confondus vous demander un pourparler; et, maintenant, au lieu de boulets enveloppés de flammes qui jetteraient dans vos murailles la fièvre et la terrible mort, ils ne vous envoient que de douces paroles enveloppées de fumée pour jeter dans vos oreilles une erreur funeste à votre fidélité; ajoutez-y la croyance qu'elles méritent, bons citoyens, laissez-nous entrer, nous, votre roi, dont les forces épuisées par la fatigue d'une marche si précipitée réclament un asile dans les murs de votre cité.

PHILIPPE.- Lorsque j'aurai parlé, répondez-nous à tous deux. Voyez à ma main droite, dont la protection est engagée par un voeu sacré à la cause de celui qu'elle tient, le jeune Plantagenet, fils du frère aîné de cet homme et son roi, comme de tout ce qu'il possède: c'est au nom de ses justes droits foulés aux pieds, que nous foulons dans un appareil de guerre ces vertes plaines devant votre ville; n'étant votre ennemi, qu'autant que l'exigence de notre zèle hospitalier, pour les intérêts de cet enfant opprimé, nous en fait un religieux devoir. Ne vous refusez donc pas à rendre l'hommage que vous devez à celui à qui il est dû, à ce jeune prince; et nos armes aussitôt, semblables à un ours muselé, n'auront plus rien de terrible que l'aspect; la fureur de nos canons s'épuisera vainement contre les nuages invulnérables du ciel; et, par une heureuse et tranquille retraite, avec nos épées sans entailles et nos casques sans coups, nous remporterons dans notre patrie ce sang bouillonnant que nous étions venus verser contre votre ville, et laisserons en paix vous, vos enfants et vos femmes; mais si vous dédaignez follement l'offre que nous vous proposons, ce n'est pas l'enceinte de vos antiques remparts qui vous garantira de nos messagers de guerre, quand ces Anglais et leurs forces seraient tous logés dans leurs vastes circonférences. Dites-nous donc si nous serons reçus dans votre ville comme maîtres, au nom de celui pour qui nous réclamons la soumission; ou donnerons-nous le signal à notre fureur, et marcherons-nous à travers le sang à la conquête de ce qui nous appartient ?

UN CITOYEN.- En deux mots, nous sommes les sujets du roi d'Angleterre, c'est pour lui et en son nom que nous tenons cette ville.

LE ROI JEAN.- Reconnaissez donc votre roi, et laissez-moi entrer.

UN CITOYEN.- Nous ne le pouvons pas: mais à celui qui prouvera qu'il est roi; à celui-là nous prouverons que nous sommes fidèles; jusque-là, nos portes sont barrées contre l'univers entier.

LE ROI JEAN.- La couronne d'Angleterre n'en prouve-t-elle pas le roi ? sinon je vous amène pour témoins deux fois quinze mille coeurs de la race d'Angleterre.

LE BATARD.- Bâtards et autres.

LE ROI JEAN.- Prêts à justifier notre titre au prix de leur vie.

PHILIPPE.- Autant de guerriers aussi bien nés que les siens...

LE BATARD.- Parmi lesquels sont aussi quelques bâtards.

PHILIPPE.- Sont devant lui pour combattre ses prétentions.

UN CITOYEN.- En attendant que vous ayez réglé lequel a le meilleur droit, nous, pour nous conserver au plus digne, nous nous défendrons contre tous deux.

LE ROI JEAN.- - Alors que Dieu pardonne leurs péchés à toutes les âmes qui, avant la chute de la rosée du soir, s'envoleront vers leur éternelle demeure, dans ce procès terrible pour la royauté de notre royaume !

PHILIPPE.- Amen, amen.- Allons, chevaliers, aux armes !

LE BATARD.- Saint Georges, toi qui domptas le dragon et qu'on voit toujours depuis assis sur son dos à la porte de mon hôtesse, enseigne-nous quelque tour de ta façon. (*S'adressant à l'Archiduc.*) Drôle, si j'étais chez toi, dans ton antre avec ta lionne, je mettrais à ta peau de lion une tête de boeuf, et je ferais de toi un monstre.

L'ARCHIDUC.- Paix; pas un mot de plus.

LE BATARD.- Oh ! tremblez, car voilà le lion qui rugit.

LE ROI JEAN.- Avançons plus haut dans la plaine, où nous rangerons tous nos régiments dans le meilleur ordre.

LE BATARD.- Hâtez-vous alors, pour prendre l'avantage du terrain.

PHILIPPE.- Il en sera ainsi. (*A Louis.*) Commandez au reste des troupes de se porter sur l'autre colline. Dieu et notre droit !

(Ils sortent.)

SCÈNE II

Même lieu.

Alarmes et escarmouches, puis une retraite. UN HÉRAUT FRANÇAIS s'avance vers les portes avec des trompettes.

LE HÉRAUT FRANÇAIS.- Hommes d'Angers, ouvrez vos portes et laissez entrer le jeune Arthur, duc de Bretagne, qui, par le bras de la France, vient de préparer des larmes à bien des mères anglaises, dont les fils gisent épars sur la terre ensanglantée; les maris de bien des veuves sont étendus dans la poussière, embrassant froidement la terre teinte de sang: la victoire, achetée avec peu de perte, se joue dans les bannières flottantes des Français, qui, déployées en signe de triomphe, sont là, prêtes à entrer victorieuses dans vos murs, à y proclamer Arthur de Bretagne, roi d'Angleterre et le vôtre.

(Entre un héraut anglais avec des trompettes.)

LE HÉRAUT ANGLAIS.- Réjouissez-vous, hommes d'Angers, sonnez vos cloches; le roi Jean, votre roi et roi d'Angleterre, s'avance vainqueur de cette chaude et cruelle journée ! les armes de ses soldats, qui s'éloignèrent d'ici brillantes comme l'argent reviennent ici dorées du sang français; il n'est point de panache attaché à un cimier anglais qui soit tombé sous les coups d'une épée française; nos drapeaux reviennent dans les mêmes mains qui les ont déployés, lorsque naguère nous marchions au combat; et semblables à une troupe joyeuse de chasseurs, tous nos robustes Anglais arrivent les mains rougies et teintes du carnage de leurs ennemis mourants; ouvrez vos portes, et donnez entrée aux vainqueurs.

UN CITOYEN.- Héraut, du haut de nos tours nous avons pu voir, depuis le commencement jusqu'à la fin, l'attaque et la retraite de vos deux armées, et leur égalité ne s'est point démentie à nos yeux les meilleurs: le sang et les coups ont répondu aux coups; la force s'est mesurée avec la force, et la puissance a confronté la puissance: elles sont toutes deux égales, et nous les aimons toutes deux également. Il faut que l'une des deux l'emporte: tant qu'elles se tiendront dans un aussi parfait équilibre, nous ne tiendrons notre ville ni pour l'un ni pour l'autre, et néanmoins pour tous les deux.

(Le roi Jean entre d'un côté avec son armée, Éléonore, Blanche et le Bâtard; de l'autre, le roi Philippe, Louis, l'archiduc et des troupes.)

LE ROI JEAN.- Roi de France, as-tu du sang à perdre encore ? Parle. Faut-il que le fleuve de notre droit suive sa course ? Détourné par les obstacles que tu opposes à son passage, quittera-t-il son lit naturel pour couvrir de ses flots contrariés tes rivages voisins, si tu ne veux laisser ses eaux argentées continuer paisiblement leur marche vers l'Océan ?

PHILIPPE.- Roi d'Angleterre, tu n'as pas épargné dans cette chaude mêlée une goutte de sang de plus que la France, ou plutôt tu en as perdu davantage. Et je le jure par cette main, qui régit les terres que gouverne ce climat, avant de déposer les armes que nous portons justement, nous t'aurons fait fléchir devant nous, toi contre qui nous les avons prises; ou bien nous augmenterons d'un roi le nombre des morts;- ornant le registre qui mentionnera les pertes de cette guerre, d'une liste de carnage associée à des noms de rois.

LE BATARD.- O majesté ! à quelle hauteur s'élève la gloire lorsque le sang précieux des rois est allumé !- Alors la Mort double d'acier ses mâchoires décharnées; les épées des soldats sont ses dents et ses griffes, alors elle se repaît à pleine bouche de la chair des hommes, tant que durent les querelles des rois.- Pourquoi ces fronts royaux demeurent-ils ainsi consternés ? Rois, criez carnage ! retournez dans la plaine ensanglantée, potentats égaux en force et pleins d'une égale ardeur ! Que la confusion de l'un assure la paix de l'autre; jusqu'alors, coups, sang et mort !

LE ROI JEAN.- Lequel des deux partis admettent dans leurs murs les bourgeois ?

PHILIPPE.- Parlez, citoyens, au nom de l'Angleterre; quel est votre roi ?

UN CITOYEN.- Le roi d'Angleterre, quand nous le connaîtrons.

PHILIPPE.- Connaissez-le en nous, qui soutenons ici ses droits.

LE ROI JEAN.- En nous, qui sommes ici notre illustre député et apportons la possession de notre propre personne; seigneur de nous-même, d'Angers et de vous.

UN CITOYEN.- Un pouvoir plus grand que nous nie tout cela, et jusqu'à ce qu'il n'y ait plus rien de douteux, nous enfermerons nos anciens scrupules derrière nos portes bien barricadées; sans autres rois que nos craintes, jusqu'à ce que nos craintes aient été résolues et déposées par quelque roi bien assuré.

LE BATARD- Par le ciel, ces canailles d'Angers se raillent de vous, rois; ils se tiennent dans leurs retranchements comme sur un théâtre d'où ils peuvent loger à leur aise et montrer au doigt vos laborieux spectacles et vos scènes de mort. Que vos royales majestés se laissent gouverner par moi; imitez les mutins de Jérusalem[11], sachez être amis un moment, et diriger de concert contre cette ville tous vos plus terribles moyens de vengeance. Que du levant et du couchant, la France et l'Angleterre pointent les canons de leurs batteries chargés jusqu'à la gueule; et que leurs épouvantables clameurs fassent écrouler avec fracas les flancs pierreux de cette orgueilleuse cité. Je voudrais agir sans relâche contre ces misérables bourgeois, jusqu'à ce que la désolation de leurs murailles en ruine les laissât aussi nus que l'air ordinaire; cela fait, divisez vos forces unies et que vos enseignes confondues se séparent de nouveau; tournez-vous face contre face, et le fer sanglant contre le fer: la fortune aura bientôt choisi d'un côté son heureux favori, à qui pour première faveur elle accordera l'honneur de la journée et le baiser d'une glorieuse victoire. Comment goûtez-vous ce bizarre conseil, puissants souverains ? ne sent-il pas un peu sa politique ?

[Note 11: Lorsque, assiégés par Titus, ils suspendaient un moment leurs querelles intestines pour se réunir contre l'ennemi.]

LE ROI JEAN.- Par le ciel suspendu sur nos têtes, je le goûte fort.- Roi de France, joindrons-nous nos forces, et mettrons-nous Angers de niveau avec le sol, quitte à combattre ensuite pour savoir qui en sera roi ?

LE BATARD.- Insulté comme nous par cette ville opiniâtre, si tu as le coeur d'un roi, tourne la bouche de ton artillerie, comme la nôtre, contre ses remparts insolents; et lorsque nous les aurons renversés, alors défions-nous les uns les autres, et travaillons pêle-mêle entre nous, pour le ciel ou pour l'enfer.

PHILIPPE.- Qu'il en soit ainsi.- Parlez, par où donnerez-vous l'assaut ?

LE ROI JEAN.- C'est de l'ouest que nous enverrons la destruction dans le sein de cette cité.

L'ARCHIDUC.- Moi du nord.

PHILIPPE.- Notre tonnerre fera pleuvoir du sud sa pluie de boulets.

LE BATARD.- O sage plan de bataille ! du nord au sud ! l'Autriche et la France se tireront dans la bouche l'un de l'autre ! je les y exciterai: venez, allons, allons !

UN CITOYEN.- Écoutez-nous, grands rois: daignez vous arrêter un instant, et je vous montrerai la paix et la plus heureuse union; gagnez cette cité sans coups ni blessure; épargnez la vie de tant d'hommes, venus ici pour la sacrifier sur le champ de bataille, et laissez-les mourir dans leurs lits: ne persévérez point, mais écoutez-moi, puissants rois !

LE ROI JEAN.- Parlez avec confiance; nous sommes prêts à vous écouter.

UN CITOYEN.- Cette fille de l'Espagne que voilà, la princesse Blanche, est proche parente du roi d'Angleterre; comptez les années de Louis le dauphin et celles de cette aimable fille. Si l'amour charnel cherche la beauté, où la trouvera-t-il plus séduisante que chez Blanche ? Si le pieux amour cherche la vertu, où la trouvera-t-il plus pure que chez Blanche ? Si l'amour ambitieux aspire à un mariage de naissance, dans quelles veines bondit un sang plus illustre que celui de la princesse Blanche ? Ainsi qu'elle, le jeune Dauphin est de tout point accompli en beauté, vertu, naissance; ou s'il ne vous semblait accompli, dites seulement que c'est qu'il n'est point elle; et elle à son tour ne manquerait de rien qu'on pût appeler besoin, si ce n'était manquer de quelque chose que de n'être point lui; il est la moitié d'un homme béni de Dieu qu'elle est appelée à compléter; elle est la moitié parfaite d'un tout parfait, dont la plénitude de perfection réside en lui. Oh ! comme ces deux ruisseaux d'argent, lorsqu'ils seront réunis, vont faire la gloire des rivages qui les contiendront ! et vous, rois, vous serez les rivages de ces deux ruisseaux confondus; vous serez, si vous les mariez, les deux bornes qui contiendront les deux princes. Cette union fera plus contre nos portes si bien fermées, que ne pourraient faire vos batteries; car, dès l'instant de cette alliance, nous ouvrirons toute grande leur bouche pour votre passage plus rapidement que ne le ferait la poudre pour vous laisser entrer; mais, sans cette alliance, la mer en furie n'est pas à moitié aussi sourde, les lions plus intrépides, les montagnes et les rochers plus immobiles; non, la Mort elle-même n'est pas à moitié aussi inflexible dans son acharnement mortel, que nous dans le dessein de défendre cette cité.

LE BATARD.- Vraiment, voici un partisan qui fait sauter hors de ses haillons le cadavre pourri de la vieille Mort; sa large bouche vomit la mort et les montagnes, les rochers et les mers ! il parle des lions mugissants aussi familièrement que les jeunes filles de treize ans de petits chiens ! Quel est le canonnier qui a engendré ce sang bouillant ?

Il vous entretient tranquillement de canons, de feu, de fumée et de bruit; il nous donne la bastonnade avec sa langue, mes oreilles sont rouées; il n'est pas une de ses paroles qui ne donne mieux un soufflet qu'un poing de France. Pour Dieu, je ne fus jamais si accablé de paroles, depuis que, pour la première fois, j'appelai *papa* le père de mon frère.

ÉLÉONORE.- Mon fils, prêtez l'oreille à cet arrangement, faites ce mariage; donnez à notre nièce une dot suffisante; car, par ce noeud, vous affermirez si sûrement sur votre tête une couronne maintenant mal assurée que cet enfant à peine éclos n'aura plus de soleil pour mûrir la fleur qui promet un fruit si vigoureux. Je vois, dans les regards du roi de France de la disposition à céder.... Voyez comme ils se parlent bas: pressez-les, tandis que leurs âmes sont ouvertes à cette ambition, de peur que leur zèle, maintenant amolli, sous le souffle aérien des douces paroles de la prière, de la pitié et du remords, ne se refroidisse et ne se gèle de nouveau.

UN CITOYEN.- Pourquoi vos deux Majestés ne répondent-elles pas à ces propositions pacifiques de notre ville menacée ?

PHILIPPE.- Roi d'Angleterre, parlez d'abord, vous qui avez été le premier à parler à cette cité: que dites-vous ?

LE ROI JEAN.- Si le dauphin, ton noble fils, peut lire dans ce livre de beauté, *j'aime*, la dot de Blanche égalera celle d'une reine; car l'Anjou et la belle Touraine, le Maine, Poitiers, en un mot tout ce qui de ce côté de la mer, excepté cette ville que nous assiégeons, relève de notre couronne et dignité, ornera son lit nuptial, et la rendra riche en titres, honneurs et avantages, comme elle marche déjà de pair en beauté, en éducation et en naissance, avec n'importe quelle princesse de l'univers.

PHILIPPE.- Qu'en dis-tu, mon garçon ? Regarde la figure de la princesse.

LOUIS.- Je le fais, seigneur; et dans son oeil, je trouve une merveille ou un miracle merveilleux, l'ombre de moi-même tracée dans son oeil; et cette ombre, quoique n'étant que l'ombre de votre fils, devient un soleil, et fait de votre fils une ombre. Je proteste que je ne me suis jamais tant aimé, que depuis que je vois ainsi mon portrait tiré dans le tableau flatteur de son oeil.

(Il parle bas à Blanche.)

LE BATARD.- Tiré dans le tableau flatteur de son oeil, pendu au pli de son sourcil froncé, et écartelé dans son coeur !- Lui-même il s'annonce pour un traître à l'amour. Ce serait vraiment pitié qu'un aussi sot imbécile fût pendu, tiré et écartelé dans un aussi aimable objet[12].

[Note 12:

Drawn in the flattering table of her eye Hang'd in the frowning wrinkle of her brow And quarter'd in her heart.

Faulconbridge joue ici sur les trois mots: *drawn* (peint et tiré), *hang'd* (suspendu et pendu), et *quarter'd* (mis en quartiers, et écartelé, terme de blason).]

BLANCHE.- La volonté de mon oncle, sous ce rapport, est la mienne. S'il voit en vous quelque chose qui lui plaise, ce qu'il y voit, ce qui lui plaît, je puis facilement le transporter dans ma volonté, ou, si vous voulez, pour parler plus convenablement, l'imposer facilement à mon amour. Je ne veux point vous flatter, mon prince, en vous disant que tout ce que je vois en vous est digne d'amour; seulement, je ne vois rien en vous que je puisse, même en vous donnant pour juge les pensées les plus sévères, trouver digne de haine.

LE ROI JEAN.- Que disent ces jeunes gens ? Que dites-vous, ma nièce ?

BLANCHE.- Qu'elle est obligée, en honneur, à faire tout ce que vous daignerez décider dans votre sagesse.

LE ROI JEAN.- Parlez donc, seigneur dauphin, pouvez-vous aimer cette princesse ?

LOUIS.- Demandez plutôt si je puis m'empêcher de l'aimer, car je l'aime très-sincèrement.

LE ROI JEAN.- Avec elle je te donne les cinq provinces du Vexin, de la Touraine, du Maine, de Poitiers et de l'Anjou; et j'ajoute encore à cela trente mille marcs d'Angleterre.- Philippe de France, si tu es content, ordonne à ton fils et à ta fille d'unir leurs mains.

PHILIPPE.- Je suis content.- Jeunes princes, unissez vos mains.

L'ARCHIDUC.- Et vos lèvres aussi; car je suis bien sûr, d'avoir fait ainsi lorsque je fus fiancé.

PHILIPPE.- Maintenant, citoyens d'Angers, ouvrez vos portes; laissez entrer cette paix que vous avez faite, car sur l'heure, à la chapelle de Sainte-Marie, les cérémonies du mariage vont être célébrées.- Mais la princesse Constance n'est pas avec nous ?- Je me doute bien qu'elle n'y est pas, car sa présence aurait fort troublé le mariage que nous venons de conclure. Où est-elle, elle et son fils ? Que ceux qui le savent me le disent ?

LOUIS.- Elle est triste et irritée dans la tente de Votre Majesté.

PHILIPPE.- Et, sur ma foi, cette alliance que nous avons faite ne la guérira guère de sa tristesse.- Mon frère d'Angleterre, comment satisferons-nous cette veuve ? Je suis venu pour soutenir ses droits, et voilà, Dieu le sait, que j'en ai détourné une partie à mon propre avantage.

LE ROI JEAN.- Nous remédierons à tout: nous ferons le jeune Arthur duc de Bretagne et comte de Richemont, et nous lui donnerons en apanage cette riche et belle ville.- Appelez la princesse Constance: qu'un rapide messager aille l'inviter à se rendre à notre solennité.- J'espère que, si nous ne remplissons pas sa volonté tout entière, nous la satisferons cependant assez pour arrêter ses plaintes. Allons, aussi bien que nous le permettra la précipitation, accomplir cette cérémonie imprévue et sans préparatifs.

(Tous sortent excepté le Bâtard.)

LE BATARD.- Monde insensé ! rois insensés ! convention insensée ! Jean, pour mettre fin aux prétentions d'Arthur sur le tout, s'est volontairement dessaisi d'une partie: et le roi de France, dont l'armure avait été attachée par la conscience, que le zèle et la charité avaient amené, en vrai soldat de Dieu, sur le champ de bataille, a parlé à l'oreille de ce démon rusé qui change les résolutions; ce brocanteur[13], qui casse sans cesse la tête à la bonne foi; cet agent journalier de paroles violées, qui gagne le monde, les rois, les mendiants, les vieillards, les jeunes gens, les jeunes filles; qui prive les pauvres filles du seul bien qu'elles aient à perdre, de ce nom de filles; ce gentilhomme à la physionomie douce; l'intérêt flatteur enfin.- L'intérêt, ce penchant du monde, du monde qui est par lui-même sagement balancé, et fait pour rouler également sur un terrain toujours égal, si cet amour du gain, ce vil penchant qui nous entraîne, ce mobile souverain,- l'intérêt ne l'avait privé d'équilibre, détourné de sa direction, de ses lois, de son cours et de sa fin: c'est ce même penchant, cet intérêt, cet entremetteur, cet agent de prostitution, ce mot qui change tout, qui, venant frapper extérieurement les yeux du volage roi de France, lui a fait retirer l'aide qu'il avait promise, et abandonner une guerre honorable et décidée, pour accepter la paix la plus lâche et la plus honteuse.- Et moi-même, pourquoi est-ce que j'injurie ici l'intérêt ? Seulement parce qu'il ne m'a point encore fait la cour, non qu'il fût en mon pouvoir de fermer le poing, si ses beaux angelots[14] venaient caresser ma main; mais parce que ma main, qui n'a pas encore été tentée, semblable à un pauvre mendiant, s'en prend au riche,- oui, tant que je ne serai qu'un mendiant, je m'emporterai en invectives, et je dirai: qu'il n'est point de plus grand péché que d'être riche; et lorsque je deviendrai riche, alors toute ma vertu sera de dire: qu'il n'est point de plus grand vice que la pauvreté.- Puisque les rois violent leurs serments par intérêt, profit, sois mon Dieu, car c'est toi que je veux adorer !

[Note 13: *That broker that still breaks the pate of faith.*

Broker, breaks. Jeu de mots qu'il n'a pas été possible de rendre exactement.]

[Note 14: Pièces de monnaie.]

FIN DU DEUXIÈME ACTE.

ACTE TROISIÈME

SCÈNE I

Même lieu.- La tente du roi de France.

Entrent CONSTANCE, ARTHUR ET SALISBURY.

CONSTANCE.- Partis pour se marier ! Partis pour se jurer la paix ! un sang parjure uni à un sang parjure ! partis pour être amis ! Louis aura Blanche, et Blanche aura ces provinces ? Il n'en est pas ainsi; tu as mal parlé, tu as mal entendu. Réfléchis-y, recommence ton récit. Cela ne peut pas être. Tu m'as dit seulement que cela est ainsi, et j'ai la confiance que je ne puis m'en fier à toi; car ta parole n'est que le vain souffle d'un homme ordinaire. Crois-moi, homme, je ne le crois pas: j'ai le serment d'un roi pour garant du contraire. Tu seras puni pour m'avoir ainsi effrayée, car je suis malade et susceptible de craintes; je suis accablée d'injustices, et par conséquent remplie de craintes; je suis veuve, sans époux, et dès lors sujette à toutes les craintes; je suis femme, et naturellement faite pour la crainte: et tu aurais beau m'avouer maintenant que tu ne faisais que plaisanter, je ne puis plus avoir de trêve avec mon esprit troublé, il sera ébranlé et agité tout le jour.- Que veux-tu dire en secouant ainsi la tête ? Pourquoi arrêtes-tu sur mon fils de si tristes regards ? Que signifie cette main posée sur ta poitrine ? Pourquoi ces larmes lamentables roulent-elles dans tes yeux, comme un fleuve orgueilleux enflé par-dessus ses bords ? Toutes ces marques de tristesse confirmeraient-elles tes paroles ? Parle donc encore; dis, non pas tout le premier récit, mais, par un seul mot, dis si ton récit est vrai.

SALISBURY.- Aussi vrai que vous jugez faussement, à que ce je suppose, ceux qui vous donnent cause de savoir que je dis vrai.

CONSTANCE.- Oh ! si tu m'enseignes à croire à une telle douleur, enseigne aussi à cette douleur à me faire mourir; et que ma croyance et ma vie s'entre-choquent l'une l'autre, comme deux ennemis furieux et désespérés qui, à la première rencontre, tombent et meurent.- Louis épouse Blanche ! O mon fils ! que deviens-tu ? La France, l'amie de l'Angleterre ! Que vais-je devenir ? Va-t'en: je ne puis supporter ta vue; cette nouvelle t'a rendu un homme affreux à mes yeux.

SALISBURY.- Quel autre mal ai-je fait, bonne dame, que de vous raconter le mal qui a été fait par d'autres ?

CONSTANCE.- Ce mal est en lui-même si odieux, qu'il rend malfaisant tous ceux qui en parlent.

ARTHUR.- Je vous en supplie, madame, prenez patience.

CONSTANCE.- Ah ! si toi, qui veux que je prenne patience, si tu étais laid, déshonorant pour le sein de ta mère, couvert de marques désagréables et de taches repoussantes, estropié, imbécile, contrefait, noir, difforme, parsemé de vilaines protubérances et de signes choquants à l'oeil, je ne m'inquiéterais point, je prendrais patience alors, car alors je ne t'aimerais pas, car tu serais indigne de ta haute naissance et ne mériterais pas une couronne. Mais tu es beau, et à ta naissance, cher enfant, la nature et la fortune se sont associées pour te rendre grand. Pour les dons de la nature, tu peux rivaliser avec les lis et les roses à demi épanouies: mais la fortune ! Oh ! elle est corrompue, changée et séduite par tes ennemis; elle commet adultère à toute heure avec ton oncle Jean; et sa main dorée a entraîné le roi de France à fouler aux pieds le pur honneur des souverains, et à prostituer la majesté royale au service de leurs amours. Oui, le roi de France est l'entremetteur de la fortune et du roi Jean; de la fortune, cette vile courtisane; de Jean, cet usurpateur.- Dis-moi, mon ami, le roi de France n'est-il pas un parjure ? Accable-le de paroles de mépris, ou va-t'en, et laisse dans la solitude ces chagrins que je suis seule contrainte de supporter.

SALISBURY.- Pardonnez-moi, madame; je ne puis pas retourner sans vous vers les rois.

CONSTANCE.- Tu le peux, tu le feras; je n'irai point avec toi: j'instruirai mes douleurs à être fières, car le chagrin est fier et fortifie sa victime. Que les rois s'assemblent près de moi, et devant la majesté de ma grande douleur; car ma douleur est si grande, qu'il n'y a plus que la terre vaste et solide qui puisse en soutenir le poids: ici je m'asseois, moi et la douleur; ici est mon trône; dis aux rois de venir se courber devant lui.

(Elle se jette à terre.)

(Entrent le roi Jean, le roi Philippe, Louis, Blanche, Éléonore, le Bâtard et l'archiduc d'Autriche.)

PHILIPPE.- Cela est vrai, ma chère fille; et cet heureux jour sera toujours pour la France un jour de fête. Pour célébrer ce jour, le soleil glorieux s'arrête dans sa course, et, prenant le rôle d'alchimiste, change, par l'éclat de son oeil radieux, la terre maigre et raboteuse en or brillant: le cours de l'année en ramenant ce jour ne le verra jamais que comme un jour sanctifié.

CONSTANCE.- Un jour maudit, et non un jour sanctifié ! Qu'a donc mérité ce jour ? qu'a-t-il fait pour être ainsi inscrit dans le calendrier en lettres d'or, parmi les hautes marées ? Ah ! plutôt faites disparaître ce jour de la semaine, ce jour de honte, d'oppression, de parjure: ou, s'il doit encore demeurer, que les femmes grosses prient le ciel de ne pas déposer ce jour-là leur fardeau, de peur qu'un monstre ne vienne tromper leurs espérances; que les matelots ne craignent de naufrage que ce jour-là; qu'il n'y ait de marchés violés que ceux qu'on aura faits ce jour-là; que toutes les choses commencées ce jour-là viennent à mauvaise fin; oui, que la foi elle-même se change en fausseté profonde !

PHILIPPE.- Par le ciel, madame, vous n'aurez point de motif de maudire les heureux résultats de cette journée: ne vous ai-je pas engagé ma majesté royale ?

CONSTANCE.- Vous m'avez trompée par un simulacre qui ressemblait à la majesté; mais à l'épreuve et sous la pierre de touche, il s'est trouvé sans valeur. Vous vous êtes parjuré, parjuré ! vous êtes venu en armes pour verser le sang de mes ennemis, et maintenant en armes vous fortifiez le leur par le vôtre; cette vigoureuse ardeur de luttes corps à corps, ce rude et menaçant regard de la guerre ont dégénéré en une amitié et une paix fardées, et notre oppression est la base de cette ligue. Armez-vous, armez-vous, cieux, contre ces rois parjures ! une veuve vous crie: cieux, soyez-moi un époux ! ne permettez point que les heures de ce jour sacrilége laissent finir ce jour en paix; mais avant le coucher du soleil lancez la discorde armée entre ces rois parjures ! exaucez-moi, oh ! exaucez-moi !

L'ARCHIDUC.- Princesse Constance, la paix....

CONSTANCE.- La guerre, la guerre ! point de paix ! pour moi, la paix est la guerre ! O Limoges ! ô Autrichien[15] ! tu fais honte à cette dépouille sanglante, esclave que tu es, misérable, poltron, petit en vaillance, grand en déloyauté, toujours fort du côté du plus fort, champion de la fortune qui ne combats jamais que lorsque Sa Seigneurie capricieuse est avec toi pour répondre de ta sûreté ! toi aussi, tu t'es parjuré, et tu flattes la puissance ? quelle espèce de fou es-tu ? un fou bruyant, toi qui te vantais et frappais du pied en jurant que tu serais des miens ? Esclave au sang glacé, tes paroles n'ont-elles pas résonné en ma faveur comme le tonnerre ? ne t'es-tu pas engagé comme mon soldat, m'enjoignant de me reposer sur ton étoile, ta fortune et ta force ? Et maintenant passes-tu à mes ennemis ? Tu portes la peau d'un lion ! ôte-la par pudeur, et jette une peau de veau sur ces membres de lâche[16] !

[Note 15: *O Limoges, ô Austria* (voyez la notice.)]

[Note 16: *Hang a calf's skin on those recreant limbs.* Allusion à la lâcheté du duc d'Autriche.]

L'ARCHIDUC.- Ah ! si un homme me tenait de tels discours !

LE BATARD.- Et jette une peau de veau sur tes membres de lâche.

L'ARCHIDUC.- Tu n'oseras pas le dire, vilain, sur ta vie.

LE BATARD.- Et jette une peau de veau sur tes membres de lâche.

LE ROI JEAN.- Cela ne nous plaît pas; tu t'oublies.

(Entre Pandolphe.)

PHILIPPE.- Voici le saint légat du pape.

PANDOLPHE.- Salut, délégués et oints du ciel ! C'est à toi, roi Jean, que s'adresse ma sainte mission. Moi, Pandolphe, cardinal du superbe Milan, et ici légat du pape Innocent, je demande pieusement en son nom pourquoi tu insultes si obstinément l'Église notre sainte mère, et pourquoi tu tiens éloigné de force Étienne Langton, élu archevêque de Cantorbéry, de ce siége saint ? au nom de notre susdit saint-père le pape Innocent, je te le demande.

LE ROI JEAN.- Quel nom sur la terre peut imposer un interrogatoire à la libre voix d'un roi sacré ? Tu ne peux, cardinal, inventer pour me sommer de répondre un nom plus impuissant, plus méprisé et plus ridicule que celui du pape. Va lui raconter ce que je te dis, et ajoutes-y encore ceci de la bouche du roi d'Angleterre: «Qu'aucun prêtre italien ne viendra lever ni dîmes ni droits dans nos États; mais que, comme nous sommes après Dieu le chef suprême, nous maintiendrons seuls, sous sa protection, là où nous régnerons, cette haute suprématie, sans l'assistance d'aucune main mortelle.» Dis cela au pape, en mettant de côté tout respect pour lui et pour son autorité usurpée.

PHILIPPE.- - Mon frère d'Angleterre, ceci est un blasphème.

LE ROI JEAN.- Vous, et tous les rois de la chrétienté, vous vous laissez conduire par les grossiers artifices de ce prêtre intrigant, effrayés d'une excommunication dont l'argent peut vous relever; et par les mérites de l'or vil, de cet alliage, de cette poussière, vous achetez des absolutions corrompues d'un homme qui dans ce marché aliène l'absolution dont il aurait lui-même besoin. Bien que vous et tout le reste, grossièrement séduits, souteniez de vos revenus cette diabolique jonglerie; moi, moi seul, tout seul, je résiste au pape, et tiens ses amis pour mes ennemis.

PANDOLPHE.- Eh bien, en vertu du pouvoir légitime dont je suis revêtu, tu seras maudit et excommunié. Béni sera celui qui abandonnera son allégeance envers un hérétique; et la main qui, par quelque voie secrète, tranchera ton exécrable vie sera tenue pour méritoire, canonisée et révérée comme celle d'un saint.

CONSTANCE.- Oh ! que pour un instant Rome me donne le droit de maudire avec elle ! Bon père cardinal, crie *amen* à mes amères malédictions; car, sans mes injures, nulle langue n'a pouvoir pour le maudire autant qu'il le mérite !

PANDOLPHE.- Madame, j'ai pouvoir et mission pour maudire.

CONSTANCE.- Et moi aussi. Lorsque la loi ne peut plus faire justice, qu'il devienne légitime que la loi ne puisse mettre obstacle à l'injure. La loi ne peut ici rendre à mon fils son royaume, car celui qui tient le royaume tient aussi la loi. Ainsi puisque la loi elle-même est une complète injustice, comment la loi pourrait-elle interdire à ma langue les malédictions ?

PANDOLPHE.- Philippe de France, sous peine de l'excommunication, quitte la main de cet archihérétique; et, à moins qu'il ne se soumette à Rome, soulève contre sa tête toutes les forces de la France.

ÉLÉONORE.- Tu pâlis, roi de France ? Ne retire pas ta main.

CONSTANCE.- Prends bien garde, démon, que le roi de France ne se repente, et, dégageant sa main, ne fasse perdre une âme à l'enfer.

L'ARCHIDUC.- Roi Philippe, écoutez le cardinal.

LE BATARD.- Et couvre d'une peau de veau ses membres de lâche !

L'ARCHIDUC.- Misérable, il faut que j'empoche toutes ces insultes, parce que....

LE BATARD.- Parce que vos braies sont faites pour les porter.

LE ROI JEAN.- Philippe, que réponds-tu au cardinal ?

CONSTANCE.- Que peut-il dire que le cardinal n'ait dit ?

LOUIS.- Réfléchissez, mon père; vous avez à choisir entre la pesante malédiction de Rome, et la légère perte de l'amitié de l'Angleterre.

Préférez ce qu'il y a de plus facile à supporter.

BLANCHE.- C'est l'excommunication de Rome.

CONSTANCE.- O Louis, tiens ferme; le démon te tente ici sous la forme d'une nouvelle épouse dépouillée de ses parures de noce.

BLANCHE.- La princesse Constance ne parle pas d'après sa foi, mais d'après ses nécessités.

CONSTANCE.- Oh ! si tu conviens de mes nécessités, qui n'existent que parce que toute foi a péri, de ces nécessités tu dois nécessairement inférer le principe que la foi revivra quand les nécessités périront. Foule donc aux pieds mes nécessités, et la foi se relève; relève mes nécessités, la foi est foulée aux pieds.

LE ROI JEAN.- Le roi est ému et ne répond rien.

CONSTANCE, *à Philippe*.- Oh ! éloignez-vous de lui, et répondez bien.

L'ARCHIDUC.- Faites-le, roi Philippe, et ne demeurez pas plus longtemps suspendu dans le doute.

LE BATARD.- Ne suspendez rien qu'une peau de veau, bonhomme.

PHILIPPE.- Je suis perplexe et ne sais que dire.

PANDOLPHE.- Que pourrez-vous dire qui ne vous jette dans des perplexités plus grandes, si vous êtes excommunié et maudit ?

PHILIPPE.- Mon bon révérend père, mettez-vous à ma place, et dites-moi comment vous vous conduiriez vous-même. (*Montrant le roi Jean.*) Ma main vient de s'enchaîner à sa main royale, et l'accord intime de nos deux âmes, unies par une alliance, les tient associées et liées l'une à l'autre de toute la force et la sainteté des serments religieux. Les derniers souffles qui aient rendu le son des paroles ont profondément juré foi, paix, affection, amitié sincère entre nos deux royaumes et nos deux personnes royales: et avant ce traité, bien peu de temps avant, ce qu'il nous fallut seulement pour bien laver nos mains prêtes à se serrer dans un royal traité de paix, le ciel sait comment elles avaient été teintes et souillées par le pinceau du carnage, et comment la vengeance y avait peint les effroyables discordes de deux rois irrités. Et ces mains si récemment purifiées de sang, si nouvellement unies dans l'affection, si puissantes dans la haine et l'amitié, se relâcheront de leur étreinte et de leurs mutuels signes d'attachement ! nous pourrions nous jouer ainsi de la foi, nous moquer du ciel, et faire de nous à ce point des enfants inconstants, que, détachant nos mains l'une de l'autre, nous voulussions abjurer la foi jurée, conduire sur le lit nuptial de la paix souriante une armée ensanglantée, et élever le tumulte sur le front serein de la loyale sincérité ! O saint homme, mon révérend père, qu'il n'en soit pas ainsi ! Veuillez par votre grâce nous présenter, nous prescrire, nous imposer quelque condition supportable, et nous nous trouverons heureux de vous obéir et de rester amis.

PANDOLPHE.- Toute forme est difforme, tout ordre est désordre, qui ne se montre point ennemi de l'alliance de l'Angleterre. Ainsi, aux armes ! soyez le champion de notre Église, ou que l'Église notre mère prononce sa malédiction, la malédiction d'une mère sur son fils rebelle. Roi de France, il y a moins de danger pour toi à tenir un serpent par la langue, un lion enfermé par sa griffe mortelle, un tigre à jeun par les dents, qu'à garder en paix cette main que tu tiens.

PHILIPPE.- Je puis bien retirer ma main, mais non pas ma foi.

PANDOLPHE.- Ainsi tu fais de la foi l'ennemie de la foi, et, comme dans une guerre civile, tu élèves ton serment contre ton serment et ta parole contre ta parole. Oh ! que ton serment juré d'abord au ciel, soit d'abord accompli envers le ciel: c'est-à-dire, sois champion de notre Église ! tout ce que tu as juré depuis, tu l'as juré contre toi-même, et toi-même ainsi ne peux l'accomplir; car le mal que tu as promis de faire n'est point mal s'il est fait à bon droit; et ne le pas faire lorsque le faire est un mal, c'est avoir agi à bon droit de ne le pas faire. Ce qu'il y a de mieux à faire dans les occasions où on s'est trompé, c'est de se tromper de nouveau; car, bien qu'on dévie alors, la déviation redevient la droite voie, et la déloyauté sert de remède à la déloyauté, comme le feu calme l'ardeur du feu dans les veines écorchées de celui qui vient de se brûler.- C'est la religion qui oblige à tenir les serments; mais tu as juré contre la religion, par laquelle tu jures contre la chose que tu jures; tu te fais d'un serment la preuve du bon droit contre un serment. Incertain sur le bon droit de tes serments, jure seulement de ne te point parjurer: autrement quelle dérision serait-ce de jurer ? Mais ce que tu jures maintenant, c'est de devenir parjure, et d'autant plus parjure que tu tiendras à ce que tu as juré. Ainsi tes derniers voeux, contraires aux premiers, sont en toi une révolte contre toi-même; et tu ne peux jamais remporter de plus belle victoire que d'armer ce qu'il y a en toi de noble et de constant contre ces suggestions imprudentes et passagères. Nos prières, si tu y consens, viendront aider à ces résolutions meilleures. Mais sinon, sache que le danger de notre malédiction est suspendu sur ta tête, si pesant que tu ne pourras jamais le secouer, mais tu mourras désespéré sous ce noir fardeau.

L'ARCHIDUC.- Rébellion, pure rébellion !

LE BATARD.- Quoi ! il n'en sera rien ? une peau de veau ne viendra pas te fermer la bouche ?

LOUIS.- Mon père, aux armes !

BLANCHE.- Le jour de ton mariage ? contre le sang auquel tu viens de t'unir ? Quoi ! la fête de nos noces sera-t-elle célébrée par des hommes égorgés ? Sera-ce au son des trompettes criardes, du bruyant et brutal tambour, des clameurs de l'enfer, que se réglera la marche de nos cérémonies ? O mon mari, écoute-moi ! (hélas ! hélas ! que ce nom de mari est nouveau dans ma bouche !) par ce nom que ma langue vient de prononcer pour la première fois, je t'en conjure à genoux, ne prends point les armes contre mon oncle.

CONSTANCE.- Et moi aussi, sur mes genoux endurcis à force de m'agenouiller, je t'adresse mes prières, vertueux dauphin: ne change point les décrets portés d'avance par le ciel.

BLANCHE.- Je vais voir si tu m'aimes. Quel motif sera plus puissant auprès de toi que le nom de ta femme ?

CONSTANCE.- Ce qui glorifie celui dont tu te glorifies, son honneur.

Ton honneur, ô Louis, ton honneur !

LOUIS.- Je m'étonne de voir Votre Majesté si froide à ces hautes considérations qui la pressent.

PANDOLPHE.- Je vais lancer l'anathème sur sa tête.

PHILIPPE.- Tu n'en auras pas besoin.- Roi d'Angleterre, je romps avec toi.

CONSTANCE.- O brillant retour de la majesté éclipsée !

ÉLÉONORE.- O indigne trahison de l'inconstance française !

LE ROI JEAN.- Roi de France, dans une heure tu regretteras cette heure-ci.

LE BATARD.- Le temps, ce vieux régulateur d'horloges, ce chauve fossoyeur, est-il donc à ses ordres ? Eh bien donc, le roi de France regrettera.

BLANCHE.- Le soleil se couvre d'un nuage de sang: beau jour, adieu !- De quel parti dois-je me ranger ? Je suis à tous les deux; chaque armée tient une de mes mains, et, retenue comme je le suis par toutes les deux, le tourbillon de la rage qui les sépare va me démembrer.- Mon mari, je ne puis prier pour ta victoire.- Mon oncle, il faut que je prie pour ta défaite.- Mon père, je ne puis désirer que la fortune te favorise.- Ma grand'mère, je ne puis souhaiter que tes souhaits s'accomplissent. Quel que soit le vainqueur, je perdrai de l'autre côté, assurée de perdre même avant que la partie soit jouée.

LOUIS.- Madame, vous êtes avec moi; votre fortune est attachée à la mienne.

BLANCHE.- Là où vit ma fortune, là meurt ma vie.

LE ROI JEAN.- Mon cousin, allez rassembler nos forces. (*Faulconbridge sort.*) (*A Philippe.*)- Roi de France, je brûle d'une colère enflammée, d'une rage dont l'ardeur est parvenue à ce point que rien ne la peut calmer, rien que du sang, le sang de la France, et son sang le plus cher, le plus précieux.

PHILIPPE.- Ta rage te consumera, et tu seras réduit en cendres avant que notre sang en éteigne la flamme. Prends garde à toi, tu es en péril.

LE ROI JEAN.- Pas plus que celui qui me menace.- Courons aux armes.

(Ils sortent.)

SCÈNE II

La scène est toujours en France.- Plaine près d'Angers.

Fanfares; soldats qui passent et repassent.- Entre LE BATARD, *tenant la tête de l'archiduc d'Autriche.*

LE BATARD.- Sur ma vie, cette journée devint terriblement chaude ! Quelque démon aérien plane là-haut et verse le mal sur la terre.- La tête de l'archiduc est ici, tandis que Philippe respire encore.

(Entrent le roi Jean, Arthur et Hubert.)

LE ROI JEAN.- Hubert, prends cet enfant sous ta garde. (*A Faulconbridge.*)- Philippe, au combat: ma mère est assiégée dans ma tente, et prise peut-être, j'en ai peur.

LE BATARD.- Seigneur, je l'ai délivrée; Son Altesse est en sûreté; ne craignez rien. Mais en avant, mon prince; il ne faut plus que bien peu d'efforts pour amener notre besogne à bien.

(Ils sortent.)

SCÈNE III

La scène est la même.

On sonne l'alarme, escarmouches, retraite.- Entrent le ROI JEAN, ÉLÉONORE, ARTHUR, LE BATARD, HUBERT, *et des lords.*

LE ROI JEAN.- Il en sera ainsi.(*A Éléonore.*)- Votre Seigneurie demeurera en arrière avec cette forte garde.- (*Au jeune Arthur.*) Mon cousin, n'aie pas l'air si triste: ta grand'mère t'aime, et ton oncle sera aussi tendre pour toi que le fut ton père.

ARTHUR.- Oh ! cela fera mourir ma mère de chagrin.

LE ROI JEAN, *au bâtard.*- Cousin, partez pour l'Angleterre: prenez les devants en diligence, et, avant votre arrivée, songez à bien secouer les coffres de nos abbés thésauriseurs, et à remettre en liberté leurs angelots captifs. Les grasses côtes de la paix doivent maintenant servir à nourrir les affamés. Usez du pouvoir que nous vous donnons dans toute son étendue.

LE BATARD.- La cloche, le livre, le cierge, ne me feront pas reculer quand l'or et l'argent m'inviteront à avancer. Je prends congé de Votre Altesse.(*A Éléonore.*)- Grand'mère, si jamais je me souviens d'être dévot, je prierai pour votre belle santé. Sur ce, je vous baise les mains.

ÉLÉONORE.- Adieu, mon aimable cousin.

LE ROI JEAN.- Cousin, adieu.

(Le Bâtard sort.)

ÉLÉONORE, *à Arthur.*- Approchez, mon petit parent. Écoutez, je veux vous dire un mot.

LE ROI JEAN.- Approche, Hubert,- ô mon cher Hubert, nous te devons beaucoup; et dans cette prison de chair il est une âme qui te tient pour son créancier, et qui se propose bien de te payer ton affection avec usure. Mon cher ami, ton serment volontaire vit dans ce coeur comme un précieux souvenir.- Donne-moi ta main.- J'aurais quelque chose à te dire;.... mais j'attendrai quelque autre moment plus convenable. Par le ciel ! Hubert, je suis presque embarrassé de te dire en quelle estime je te tiens.

HUBERT.- Je suis bien obligé à Votre Majesté.

LE ROI JEAN.- Mon bon ami, tu n'as encore aucune raison de dire cela; mais tu l'auras un jour, et le temps ne coulera pas si lentement qu'il n'amène pour moi le moment de te faire du bien.- J'aurais une chose à te dire,.... mais laissons cela.- Le soleil est maintenant aux cieux, et le jour pompeux, environné des plaisirs du monde, est partout trop dissipé, trop plein de gaieté pour me donner audience.- Si la cloche de minuit frappait une heure de sa langue de fer et de sa bouche d'airain dans le cours assoupi de la nuit; si nous étions ici dans un cimetière, et toi préoccupé de mille injures; si l'humeur sombre de la mélancolie avait en toi coagulé, épaissi, appesanti le sang qui d'ordinaire court haut et bas en chatouillant les veines, éveille dans les yeux de l'homme le rire imbécile, enfle ses joues dans une vaine gaieté, passion odieuse à mes projets;.... ou bien si tu pouvais me voir sans yeux, m'entendre sans oreilles, et me répondre sans voix et par la seule pensée, sans yeux, sans oreilles, sans le son dangereux des paroles: alors, en dépit du jour vigilant qui nous enveloppe, je verserais mes pensées dans ton sein.- Mais non, je n'en ferai rien.- Cependant je t'aime bien, et, sur ma foi, je crois que tu m'aimes bien.

HUBERT.- Si bien, que quelque chose que vous me commandiez de faire, dût ma mort accompagner mon action, par le ciel, je le ferais.

LE ROI JEAN.- Eh ! ne sais-je pas bien que tu le ferais ? Bon Hubert, Hubert, Hubert, jette les yeux sur ce jeune garçon; je vais te dire ce que c'est, mon ami: c'est un serpent sur mon chemin, et quelque part que se pose mon pied, il est là devant moi.- M'entends-tu ? tu es son gardien....

HUBERT.- Et je le garderai si bien qu'il ne pourra jamais nuire à Votre Majesté.

LE ROI JEAN.- La mort !

HUBERT.- Seigneur !....

LE ROI JEAN.- Un tombeau.

HUBERT.- Il ne vivra point.

LE ROI JEAN.- C'est assez: je puis me réjouir maintenant. Hubert, je t'aime; mais voilà, je ne veux pas te dire ce que je prétends faire pour toi. Souviens-toi....- Madame, portez-vous bien: j'enverrai ces troupes à Votre Majesté.

ÉLÉONORE.- Que ma bénédiction t'accompagne.

LE ROI JEAN, *à Arthur*.- Allons, cousin, en Angleterre. Hubert est chargé de vous servir; il aura pour vous tous les égards qui vous sont dus.- Marchons vers Calais; allons.

(Ils sortent.)

SCÈNE IV

Toujours en France.- La tente du roi de France.

Entrent LE ROI PHILIPPE, LOUIS, PANDOLPHE, *suite.*

PHILIPPE.- Ainsi, sur les flots, une bruyante tempête disperse une Armada entière de vaisseaux rassemblés, et les sépare les uns des autres.

PANDOLPHE.- Consolez-vous, reprenez courage, et tout ira bien encore.

PHILIPPE.- Et qui peut aller bien quand tout nous a tourné si mal ? Ne sommes-nous pas battus ? Angers n'est-il pas perdu, Arthur prisonnier ? Plusieurs amis très-chers n'ont-ils pas été tués ? et en dépit de la France, l'Anglais tout sanglant n'est-il pas retourné en Angleterre, surmontant tous les obstacles ?

LOUIS.- Ce qu'il a conquis, il l'a fortifié. Il n'y a pas d'exemple d'une si ardente promptitude dirigée avec tant de sagesse, d'une conduite si prudente dans une guerre si impétueuse. Qui a jamais lu ou entendu le récit d'un exploit semblable ?

PHILIPPE.- Je supporterais que l'Anglais eût obtenu cette gloire, si nous pouvions trouver quelque exemple de notre honte. (*Entre Constance.*) Regardez; qui vient ici ? un tombeau renfermant une âme, retenant contre son gré l'immortel esprit dans l'odieuse prison d'une vie douloureuse.- Je vous en prie, madame, venez avec moi.

CONSTANCE.- Voyez, maintenant, voyez le résultat de votre paix.

PHILIPPE.- Patience, ma bonne dame. Courage, noble Constance.

CONSTANCE.- Non; je défie tout conseil, toute réparation, si ce n'est celle qui met fin à tous les conseils, la véritable réparation, la mort, la mort. O mort aimable et chérie ! balsamique puanteur ! saine corruption ! lève-toi de la couche de l'éternelle nuit, toi l'abjection, la haine et la terreur des heureux; je baiserai tes détestables os, je mettrai mes yeux sous tes caverneux sourcils, des vers de ta demeure je ferai des bagues pour ces doigts; ta dégoûtante poussière fermera le passage à mon haleine, afin que je devienne un monstre de pourriture comme toi ! Viens à moi en grinçant des dents et je croirai que tu souris, et je te donnerai le baiser d'une épouse ! O toi, l'amour des malheureux, viens à moi !

PHILIPPE.- Belle affligée, calmez-vous.

CONSTANCE.- Non, non, je ne me calmerai point tant qu'il me restera un souffle pour crier. Oh ! que ma langue n'est-elle placée dans la bouche du tonnerre ! Alors de ma douleur j'ébranlerais le monde et je réveillerais de son sommeil ce cruel squelette qui ne peut entendre la faible voix d'une femme, qui dédaigne de communes invocations !

PANDOLPHE.- Madame, vos discours sont ceux de la folie, et non de la douleur.

CONSTANCE.- Tu n'es pas saint, toi qui me calomnies ainsi. Je ne suis pas folle; ces cheveux que j'arrache sont à moi; mon nom est Constance; j'étais la femme de Geoffroy; le jeune Arthur est mon fils, il est perdu ! Je ne suis pas folle. Plût au ciel que je le fusse ! car alors, sans doute je m'oublierais moi-même. Oh ! si je le pouvais, quel chagrin j'oublierais ! Enseigne-moi quelque philosophie qui me rende folle, et tu seras canonisé, cardinal; car n'étant pas folle, mais sensible à la douleur, ce que j'ai de raison m'apprend à me délivrer de mes maux, m'apprend comment je puis me tuer ou me pendre. Si j'étais folle, j'oublierais mon fils, ou je croirais follement qu'une poupée de chiffons est mon fils. Ah ! je ne suis pas folle; je sens trop bien, trop bien les diverses douleurs de chaque infortune.

PHILIPPE.- Renouez ces tresses. Oh ! que d'amour je remarque dans cette belle multitude de cheveux ! Là où est tombée par hasard une larme argentée, par cette seule larme dix mille de ces amis déliés sont collés ensemble dans un chagrin sociable, semblables à des amants sincères, fidèles, inséparables, se pressant l'un contre l'autre dans l'adversité.

CONSTANCE.- En Angleterre, s'il vous plaît !

PHILIPPE.- Rattachez vos cheveux.

CONSTANCE.- Oui, je les rattacherai. Et pourquoi le ferai-je ? Je les ai arrachés de leurs noeuds en criant tout haut: *Oh ! si mes mains pouvaient délivrer mon fils comme elles ont rendu la liberté à mes cheveux !* Mais maintenant je leur envie leur liberté et les remettrai dans leurs liens, puisque mon pauvre enfant est captif.- Père cardinal, je vous ai entendu dire que nous reverrions et que nous reconnaîtrions nos amis dans le ciel. Si cela est, je reverrai mon fils; car depuis la naissance de Caïn, le premier enfant mâle, jusqu'à celui qui respira hier pour la première fois, il n'est pas venu au monde une créature si charmante: mais le ver rongeur du chagrin va me dévorer mon bouton, et bannir de ses joues leur beauté native; il aura l'air creux d'un spectre, maigre et livide comme après un accès de fièvre: il mourra dans cet état; et lorsqu'il sera ressuscité ainsi, quand je le rencontrerai dans la cour des cieux, je ne le reconnaîtrai point; ainsi jamais, plus jamais je ne pourrai revoir mon joli Arthur.

PANDOLPHE.- Vous entretenez votre chagrin d'idées trop odieuses.

CONSTANCE.- Il me parle, lui qui n'a jamais eu de fils !

PANDOLPHE.- Vous êtes aussi attachée à votre douleur qu'à votre fils.

CONSTANCE.- Ma douleur tient la place de mon enfant absent; elle repose dans son lit, marche partout avec moi, prend son charmant regard, répète ses paroles, me rappelle toutes ses grâces, remplit de ses formes les vêtements qu'il a laissés vides. J'ai donc bien raison de chérir ma douleur.- Adieu: si vous aviez fait la même perte que moi, je vous consolerais mieux que vous ne me consolez.- Je ne veux plus conserver cet arrangement sur ma tête, quand mon esprit est dans un tel désordre. (*Elle arrache sa coiffure.*)- O seigneur ! mon enfant, mon Arthur, mon cher fils, ma vie, ma joie, ma nourriture, mon univers, la consolation de mon veuvage, le remède de tous mes chagrins !

(Elle sort.)

PHILIPPE.- Je crains qu'elle ne se fasse du mal. Je vais la suivre.

(Il sort.)

LOUIS.- Il n'est plus rien dans le monde qui puisse me donner aucune joie. La vie est aussi ennuyeuse pour moi qu'une histoire deux fois racontée dont on rebat l'oreille fatiguée d'un homme assoupi. La honte amère a tellement gâté le goût des douceurs de ce monde, qu'il ne me rend plus que honte et qu'amertume.

PANDOLPHE.- Avant qu'une forte maladie soit guérie, l'instant même qui ramène la vigueur et la santé est celui de la crise la plus violente et le mal qui prend congé de nous montre en nous quittant ce qu'il a de plus cruel. Qu'avez-vous donc perdu en perdant la journée ?

LOUIS.- Toutes mes journées de gloire, de plaisir et de bonheur.

PANDOLPHE.- Cela serait certainement ainsi si vous l'aviez gagnée.- Non, non, c'est quand la fortune veut le plus de bien aux hommes qu'elle les regarde d'un oeil menaçant. Il est étrange de penser tout ce qu'a perdu le roi Jean dans ce qu'il croit avoir si clairement gagné.- N'êtes-vous pas affligé qu'Arthur soit son prisonnier ?

LOUIS.- Aussi sincèrement qu'il est satisfait de l'avoir.

PANDOLPHE.- Votre esprit est aussi jeune que votre âge. Écoutez-moi maintenant vous parler avec un esprit prophétique: le souffle seul de ce que j'ai à vous dire va emporter jusqu'au dernier brin de paille, jusqu'au dernier obstacle du chemin qui doit conduire vos pas au trône d'Angleterre. Écoutez donc.- Jean s'est emparé d'Arthur, et tant que la chaleur de la vie se jouera dans les veines de cet enfant, il est impossible que Jean, mal affermi, jouisse d'une heure, d'une minute, d'une seule respiration tranquille. Le sceptre qu'arrache une main révoltée ne peut être retenu que par la violence qui l'a acquis; et celui qui se tient dans un endroit glissant ne fera point scrupule de se retenir aux plus vils appuis pour rester debout. Pour que Jean puisse se soutenir, il faut qu'Arthur tombe....- Ainsi soit-il, puisque cela ne peut être autrement.

LOUIS.- Mais que gagnerai-je à la chute du jeune Arthur ?

PANDOLPHE.- Vous pourrez, grâce aux droits de la princesse Blanche votre épouse, prétendre à tout ce qu'Arthur réclamait.

LOUIS.- Et le perdre, et la vie avec, comme Arthur.

PANDOLPHE.- Oh ! que vous êtes jeune et nouveau dans ce vieux monde ! Jean complote à votre profit; les événements conspirent avec vous; car celui qui baigne sa sûreté dans un sang loyal ne trouvera qu'une sûreté sanglante et perfide: cette action si odieusement conçue refroidira le coeur de tous ses sujets et glacera leur zèle, tellement qu'ils saisiront avec transport la première occasion d'ébranler son trône. On ne verra plus dans le ciel une exhalaison naturelle; il n'y aura plus un écart de la nature, pas un jour mauvais, pas un vent ordinaire, pas un événement accoutumé qu'on ne les dépouille de leurs causes naturelles pour les appeler des météores, des prodiges, des signes funestes, des monstruosités, des présages, des voix du ciel annonçant clairement sa vengeance contre Jean.

LOUIS.- Il est possible qu'il n'attente pas à la vie d'Arthur, et se croie suffisamment rassuré par sa captivité.

PANDOLPHE.- Ah ! seigneur, quand il saura que vous approchez, si le jeune Arthur n'est pas déjà mort, il mourra à cette nouvelle; et alors les coeurs de son peuple, révoltés contre lui, baiseront les lèvres d'un changement inconnu; ils trouveront au bout des doigts sanglants de

Jean de puissants motifs de rébellion et de fureur. Il me semble déjà voir ce bouleversement sur pied. Et combien se prépare-t-il pour vous des affaires meilleures que je ne vous ai dites ! Le bâtard Faulconbridge est maintenant en Angleterre, pillant l'Église et offensant la charité. S'il s'y trouvait seulement douze Français en armes, ils seraient comme un signal qui attirerait autour d'eux dix mille Anglais, ou bien comme une petite boule de neige qui en roulant devient bientôt une montagne.- Noble dauphin, venez avec moi trouver le roi. Il est incroyable quel parti on peut tirer de leur mécontentement, maintenant que l'indignation est au comble dans leurs âmes.- Partez pour l'Angleterre; moi, je vais échauffer le roi.

LOUIS.- De puissants motifs produisent des actions extraordinaires. Allons, si vous dites oui, le roi ne dira pas non.

(Ils sortent.)

FIN DU TROISIÈME ACTE.

ACTE QUATRIÈME

SCÈNE I

La scène est en Angleterre.- Une chambre dans le château de Northampton[17].

[Note 17: Rien dans les premières éditions de Shakspeare n'indique le lieu où se passe cette scène. Northampton étant le lieu où se passe la première scène, quelques éditeurs ont jugé à propos d'y placer aussi celle-ci, et on les a suivis pour la clarté.]

Entrent HUBERT ET DEUX SATELLITES.

HUBERT.- Faites-moi rougir ces fers, et ayez soin de vous tenir derrière la tapisserie. Quand je frapperai de mon pied le sein de la terre, accourez et attachez bien ferme à une chaise l'enfant que vous trouverez avec moi. Soyez attentifs.- Sortez, et veillez.

UN DES SATELLITES.- J'espère que vous nous garantirez les suites de l'action.

HUBERT.- Craintes ridicules ! N'ayez pas peur; faites ce que je vous dis. (*Ils sortent.*)- Jeune garçon, venez ici; j'ai à vous parler.

(Entre Arthur.)

ARTHUR.- Bonjour, Hubert.

HUBERT.- Bonjour, petit prince.

ARTHUR.- Aussi petit prince qu'il soit possible de l'être, avec tant de titres pour être un plus grand prince. Vous êtes triste.

HUBERT.- En effet, j'ai été plus gai.

ARTHUR.- Miséricorde ! je croyais que personne ne devait être triste que moi. Cependant je me rappelle qu'étant en France, je voyais de jeunes gentilshommes tristes comme la nuit, et cela seulement par divertissement[18]. Par mon baptême, si j'étais hors de prison et gardant les moutons, je serais gai tant que le jour durerait; et je le serais même ici, si je ne me doutais que mon oncle cherche à me faire encore plus de mal. Il a peur de moi, et moi de lui. Est-ce ma faute si je suis fils de Geoffroy ? Non sûrement ce n'est pas ma faute; et plût au ciel que je fusse votre fils, Hubert ! car vous m'aimeriez.

[Note 18: Moquerie du poëte faisant allusion aux prétentions à la mélancolie qui, du temps de la reine Élisabeth, étaient du bel air à la cour.]

HUBERT, *bas*.- Si je lui parle, son innocent babil va réveiller ma pitié qui est morte. Il faut me hâter de dépêcher la chose.

ARTHUR.- Êtes-vous malade, Hubert ? Vous êtes pâle aujourd'hui. En vérité, je voudrais que vous fussiez un peu malade, afin de pouvoir rester debout toute la nuit à veiller près de vous. Je suis bien sûr que je vous aime plus que vous ne m'aimez.

HUBERT.- Ses discours s'emparent de mon coeur. (*Il donne un papier à Arthur.*) Lisez, jeune Arthur. (*A part.*)- Quoi ! de sottes larmes qui vont mettre à la porte l'impitoyable cruauté ! Il faut en finir promptement, de crainte que ma résolution ne s'échappe de mes yeux en larmes efféminées. (*A Arthur.*)- Est-ce que vous ne pouvez pas lire ? N'est-ce pas bien écrit ?

ARTHUR.- Trop bien, Hubert, pour un si horrible résultat. Quoi ! il faut que vous me brûliez les deux yeux avec un fer rouge ?

HUBERT.- Jeune enfant, il le faut.

ARTHUR.- Et le ferez-vous ?

HUBERT.- Je le ferai.

ARTHUR.- En aurez-vous le coeur ? Quand vous avez eu seulement mal à la tête, j'ai attaché mon mouchoir autour de votre front, le plus beau que j'eusse: c'était une princesse qui me l'avait brodé, et je ne vous l'ai jamais redemandé. A minuit, j'appuyais votre tête sur ma main; et, comme les vigilantes minutes font passer l'heure, j'allégeais encore pour vous le poids du temps, en vous demandant à chaque instant: «Que vous manque-t-il ? où est votre mal ? quel bon office pourrais-je vous rendre ?» Il y a bien des enfants de pauvres gens qui fussent restés dans leur lit, et ne vous eussent pas dit un seul mot de tendresse; et vous, vous aviez un prince pour vous servir dans votre maladie ! Peut-être pensez-vous que mon amour était un amour artificieux, et vous lui donnez le nom de ruse: croyez-le si vous voulez.- Si c'est la volonté du ciel que vous me traitiez mal, il faut bien que vous le fassiez.- Pourrez-vous me crever les yeux, ces yeux qui ne vous ont jamais regardé et ne vous regarderont jamais avec colère ?

HUBERT.- J'ai juré de le faire, il faut que je vous les brûle avec un fer chaud.

ARTHUR.- Oh ! personne, hors de ce siècle de fer, n'eût jamais voulu le faire ! Le fer lui-même, quoique rougi et ardent, en approchant de mes yeux, boirait mes larmes et éteindrait sa brûlante rage dans ma seule innocence, et même, après cela, se consumerait de rouille seulement pour avoir recélé le feu qui devait nuire à mon oeil. Êtes-vous donc plus dur, plus insensible que le fer forgé ? Oh ! si un ange était venu à moi et m'avait dit qu'Hubert allait me crever les yeux, je n'en aurais cru aucune autre langue que celle d'Hubert.

HUBERT, *frappant du pied*.- Venez. (*Les satellites entrent avec des cordes, des fers, etc.*) Faites ce que je vous ai ordonné.

ARTHUR.- Ah ! sauvez-moi, Hubert, sauvez-moi. Mes yeux sont crevés rien que par les féroces regards de ces hommes sanguinaires.

HUBERT.- Donnez-moi ce fer, vous dis-je, et liez-le ici.

ARTHUR.- Hélas ! qu'avez-vous besoin d'être si rude et si brusque ? Je ne me débattrai pas, je resterai immobile comme la pierre. Pour l'amour du ciel, Hubert, que je ne sois pas lié !- Écoutez-moi, Hubert, renvoyez ces hommes, et je vais m'asseoir tranquille comme un agneau: je ne remuerai pas, je ne frémirai pas, je ne dirai pas une seule parole, je ne regarderai pas le fer avec colère. Renvoyez seulement ces hommes, et je vous pardonnerai, quelque tourment que vous me fassiez souffrir.

HUBERT.- Allez, demeurez là dedans; laissez-moi seul avec lui.

UN DES SATELLITES.- Je suis bien content d'être dispensé d'une pareille action.

(*Sortent les satellites.*)

ARTHUR.- Hélas ! j'ai renvoyé par mes reproches mon ami: il a l'air sévère, mais le coeur tendre. Laissez-le revenir, afin que sa compassion réveille la vôtre.

HUBERT.- Allons, enfant; préparez-vous.

ARTHUR.- N'y a-t-il plus de remède ?

HUBERT.- Pas d'autre que de perdre vos yeux.

ARTHUR.- Oh ciel ! que n'avez-vous dans les vôtres seulement un atome, un grain de sable ou de poussière, un moucheron, un cheveu égaré, quelque chose qui pût offenser cet organe précieux ! Alors, sentant vous-même combien les plus petites choses y sont douloureuses, votre odieux projet vous paraîtrait horrible.

HUBERT.- Est-ce là ce que vous avez promis ? Allons, taisez-vous.

ARTHUR.- Hubert, les paroles d'un couple de langues ne seraient pas trop pour plaider la cause d'une paire d'yeux. Ne m'obligez pas à me taire, Hubert, ne m'y obligez pas; ou bien, Hubert, si vous voulez, coupez-moi la langue, afin que je puisse garder mes yeux. Oh ! épargnez mes yeux, quand ils ne devraient plus me servir jamais qu'à vous voir.- Tenez, sur ma parole, le fer est froid, et il ne me ferait aucun mal.

HUBERT.- Je puis le réchauffer, enfant.

ARTHUR.- Non, en bonne foi: le feu, créé pour nous réconforter, est mort de douleur de se voir employé à des cruautés si peu méritées. Voyez vous-même: il n'y a point de malice dans ce charbon enflammé; le souffle du ciel en a chassé toute ardeur, et a couvert sa tête des cendres du repentir.

HUBERT.- Mais mon souffle peut le ranimer, enfant.

ARTHUR.- Cela ne servirait qu'à le faire rougir et brûler de honte de vos procédés, Hubert: peut-être même qu'il lancerait des étincelles dans vos yeux, et que, comme un dogue qu'on force de combattre, il s'attaquerait à son maître qui le pousse malgré lui. Tout ce que vous voulez employer pour me faire du mal vous refuse le service. Vous seul n'avez point cette pitié qui s'étend jusqu'au fer cruel et au feu, êtres connus pour servir aux usages impitoyables.

HUBERT.- Eh bien ! vois pour vivre[19] ! Je ne toucherais pas à tes yeux pour tous les trésors que possède ton oncle. Cependant j'avais juré, et j'avais résolu, enfant, de te brûler les yeux avec ce fer.

[Note 19: *See to live.* Les commentateurs sont embarrassés sur le sens de cette expression, qui paraît suffisamment expliquée par la promesse qu'avait faite Hubert à Jean d'ôter la vie à Arthur, et les détails subséquents à cette scène qui prouvent que c'était bien là son dessein. On voit dans le moyen âge plusieurs de ceux dont les yeux ont été brûlés périr dans ce supplice, ou par ses suites. L'opération devait probablement être faite sur Arthur de manière à avoir ce résultat.]

ARTHUR.- Ah ! maintenant vous ressemblez à Hubert; tout ce temps vous étiez déguisé.

HUBERT.- Paix ! pas un mot de plus; adieu. Il faut que votre oncle vous croie mort. Je vais charger ces farouches espions de rapports trompeurs. Toi, joli enfant, dors sans inquiétude, et sois certain que, pour tous les biens de l'univers, Hubert ne te fera jamais de mal.

ARTHUR.- Oh ciel !- Je vous remercie, Hubert.

HUBERT.- Silence ! pas un mot; rentre sans bruit avec moi. Je m'expose pour toi à de grands dangers.

SCÈNE II

Toujours en Angleterre.- Une salle d'apparat dans le palais.

Entrent LE ROI JEAN, *couronné*; PEMBROKE, SALISBURY *et autres seigneurs.- Le roi monte sur son trône.*

LE ROI JEAN.- Nous nous revoyons encore assis dans ce palais, couronné une seconde fois; et nous l'espérons, nous y sommes vu d'un oeil joyeux.

PEMBROKE.- Cette seconde fois, n'était qu'il a plu à Votre Majesté que cela fût ainsi, était une fois de trop. Vous aviez été couronné auparavant, et jamais depuis vous n'aviez été dépouillé de la majesté royale; jamais aucune révolte n'avait donné atteinte à la foi de vos sujets; le pays n'avait été troublé d'aucune atteinte nouvelle, d'aucun désir de changement ou d'un état meilleur.

SALISBURY.- C'est donc une inutile et ridicule surabondance que de vouloir s'entourer d'une double pompe, que de parer un titre déjà précieux, que de dorer l'or fin, de teindre le lis, de parfumer la violette, de polir la glace ou d'ajouter de nouvelles couleurs à l'arc-en-ciel, et de chercher à éclairer l'oeil brillant des cieux.

PEMBROKE.- Si ce n'est qu'il faut accomplir le bon plaisir de Votre Majesté, cet acte est comme un vieux conte redit de nouveau et dont la dernière répétition devient fâcheuse lorsqu'elle tombe hors de propos.

SALISBURY.- Il défigure l'aspect antique et respectable de nos simples et anciennes formes, comme le vent qui change dans les voiles fait errer le cours des pensées; il éveille et alarme la réflexion, affaiblit la stabilité des opinions, rend suspect même ce qui est légitime en le couvrant de vêtements d'une mode si nouvelle.

PEMBROKE.- L'ouvrier qui veut faire mieux que bien perd son habileté dans les efforts de son ambition; et souvent en cherchant à excuser une faute, on l'aggrave par l'excuse même, comme une pièce posée sur une petite déchirure fait un plus mauvais effet en cachant le défaut, que ne faisait le défaut lui-même avant qu'il fût ainsi rapiécé.

SALISBURY.- C'est pourquoi avant votre nouveau couronnement nous vous avons déclaré notre avis; mais il n'a pas plu à Votre Altesse de l'écouter. Au reste, nous sommes tous satisfaits, puisque nos volontés doivent en tout et en partie s'arrêter devant celle de Votre Altesse.

LE ROI JEAN.- Je vous ai fait part de quelques-unes des raisons de ce double couronnement, et je les crois fortes; et lorsque mes craintes seront diminuées, je vous en communiquerai d'autres plus fortes encore. Cependant, indiquez les abus dont vous demandez la réforme, et vous verrez bien avec quel empressement j'écouterai et j'accorderai vos demandes.

PEMBROKE.- Eh bien, comme l'organe de ceux que voici, et pour vous découvrir les pensées de leurs coeurs; pour moi comme pour eux, mais surtout pour votre sûreté, dont eux et moi faisons notre soin le plus cher, je vous demande avec instance la liberté d'Arthur, dont la captivité porte les lèvres du mécontentement, toujours prêtes au murmure, à ce raisonnement dangereux: Si ce que vous possédez en paix vous le possédez à juste titre, pourquoi donc ces craintes, compagnes, dit-on, des pas de l'injustice, vous portent-elles à séquestrer ainsi votre jeune parent ? Pourquoi étouffer sa vie sous une ignorance barbare, et priver sa jeunesse de l'avantage précieux d'une bonne éducation ? Afin que dans les conjonctures présentes vos ennemis ne puissent armer de ce prétexte les occasions, souffrez que la requête que vous nous avez ordonné de vous présenter soit pour sa liberté. Nous ne vous la demandons point pour notre avantage, si ce n'est que notre intérêt est attaché au vôtre, et que votre intérêt est de le mettre en liberté.

LE ROI JEAN.- Soit, je confie sa jeunesse à vos soins. (*Entre Hubert.*)- Hubert, quelle nouvelle m'apportez-vous ?

PEMBROKE.- Voilà l'homme qui était chargé de cette exécution sanglante. Il a montré son ordre à un de mes amis. L'image de quelque odieuse scélératesse vit dans ses yeux. Son air en dessous porte toutes les apparences d'un coeur bien troublé, et je crains beaucoup que l'acte dont nous avions peur qu'il n'eût été chargé ne soit consommé.

SALISBURY.- Les couleurs du roi vont et viennent entre sa conscience et son projet comme les hérauts entre deux terribles armées en présence. Sa passion est mûre; il faut qu'elle crève.

PEMBROKE.- Et si elle crève, nous en verrons sortir, je le crains bien, l'affreuse corruption de la mort d'un aimable enfant.

LE ROI JEAN.- Nous ne pouvons arrêter le bras inflexible de la mort. Chers seigneurs, bien que ma volonté d'accorder existe toujours, l'objet de votre requête est mort.- Il nous apprend qu'Arthur est décédé de cette nuit.

SALISBURY.- Nous avions craint, en effet, que son mal ne fut au-dessus de tout remède.

PEMBROKE.- Oui, nous avons su combien sa mort était prochaine, avant même que l'enfant se sentît malade.- Il faudra rendre compte de cela ici ou ailleurs.

LE ROI JEAN.- Pourquoi tournez-vous sur moi de si graves regards ? Pensez-vous que j'aie en mes mains les ciseaux de la destinée ? Puis-je commander au pouls de la vie ?

SALISBURY.- La tricherie est visible, et c'est une honte qu'un roi la laisse si grossièrement apercevoir. Prospérez dans votre jeu: adieu.

PEMBROKE.- Arrête, lord Salisbury; je vais avec toi chercher l'héritage de ce pauvre enfant, ce petit royaume d'un tombeau dans lequel on l'a forcé d'entrer. Trois pieds de terre renferment le coeur à qui appartenait toute l'étendue de cette île.- Quel mauvais monde cependant !- Cela n'est pas supportable; cela éclatera pour notre chagrin à tous, et avant peu, je le crains bien.

(Ils sortent.)

LE ROI JEAN.- Ils brûlent d'indignation. Je me repens: on ne peut établir sur le sang aucun fondement solide. On n'assure point sa vie sur la mort des autres. (*Entre un messager.*)- Tu as l'air effrayé; où est ce sang que j'ai vu habiter sur tes joues ? Un ciel si ténébreux ne s'éclaircit pas sans tempêtes. Fais crever l'orage; comment tout va-t-il en France ?

LE MESSAGER.- Tout va de France en Angleterre: jamais on n'a vu dans le corps d'une nation lever une telle armée pour une expédition étrangère. Ils ont appris à imiter votre diligence; car au moment où l'on devrait vous apprendre leurs préparatifs, arrive la nouvelle de leur débarquement.

LE ROI JEAN.- Dans quelle ivresse s'est donc trouvée plongée notre vigilance ? Qui a pu l'endormir ainsi ? Où est l'attention de ma mère que la France ait pu lever une telle armée sans qu'elle en ait entendu parler ?

LE MESSAGER.- Mon prince, la poussière lui a bouché les oreilles. Votre noble mère est morte le premier jour d'avril; et j'ai entendu dire, seigneur, que la princesse Constance était morte trois jours avant dans un accès de frénésie: mais quant à ceci, je ne le sais que vaguement par le bruit public. Je ne sais si c'est vrai ou faux.

LE ROI JEAN.- Suspends ta rapidité, occasion terrible ! Oh ! fais un pacte avec moi jusqu'à ce que j'aie satisfait mes pairs mécontents.- Quoi ! ma mère est morte ! Dans quel désordre sont maintenant nos affaires en France ? Et sous le commandement de qui vient cette armée française que tu me dis positivement être entrée en Angleterre ?

LE MESSAGER.- Du dauphin.

(Entrent le Bâtard et Pierre de Pomfret.)

LE ROI JEAN.- Tu m'as tout étourdi par ces fâcheuses nouvelles.- Eh bien, que dit le monde de nos procédés ? Ne cherchez pas à me farcir encore la tête de mauvaises nouvelles, car elle en est pleine.

LE BATARD.- Mais si vous avez peur d'apprendre le pis; laissez donc ce qu'il y a de pis tomber sur votre tête sans que vous en ayez été averti.

LE ROI JEAN.- Pardon, mon cousin, j'étais étourdi sous le flot; mais je commence à reprendre haleine au-dessus des vagues, et je puis donner audience à quelque bouche que ce soit, de quoi qu'elle veuille me parler.

LE BATARD.- Vous verrez par les sommes que j'ai ramassées comment j'ai réussi parmi les ecclésiastiques. Mais en traversant le pays pour revenir ici, j'ai trouvé le peuple troublé par d'étranges imaginations, préoccupé de bruit divers, rempli de vains rêves, ne sachant ce qu'il craint, mais plein de craintes; et voici un prophète que j'ai amené avec moi de Pomfret[20], où je l'ai rencontré dans les rues, traînant à ses talons des centaines de gens à qui il chantait en vers grossiers et aux rudes accords que le jour de l'Ascension prochaine, avant midi, Votre Altesse déposerait sa couronne.

[Note 20: Pierre de Pomfret était un ermite en grande réputation de sainteté parmi le peuple. Il avait prédit que Jean perdrait sa couronne dans cette année: après que Jean l'eut sauvée du danger par l'humiliante cérémonie de son hommage au pape, il fit mourir comme imposteur le pauvre ermite, qui allégua vainement pour sa défense que Jean avait perdu la couronne indépendante qu'il avait reçue. Le malheureux fut traîné à la queue d'un cheval, dans les rues de Warham, puis pendu avec son fils.]

LE ROI JEAN, *à Pierre*.- Rêveur insensé que tu es, pourquoi parlais-tu ainsi ?

PIERRE.- Parce que je savais d'avance que cela arrivera ainsi en vérité.

LE ROI JEAN.- Hubert, emmène-le, emprisonne-le; et qu'à midi, le jour même qu'il dit que je céderai ma couronne, il soit pendu. Mets-le en lieu de sûreté, et reviens; j'ai besoin de toi. (*Hubert sort avec Pierre de Pomfret.*)- Oh ! mon cher cousin, sais-tu les nouvelles ? sais-tu qui est arrivé ?

LE BATARD.- Les Français, seigneur; on n'a pas autre chose à la bouche. J'ai de plus trouvé lord Bigot et lord Salisbury, les yeux aussi rouges qu'un feu nouvellement allumé, et plusieurs autres qui allaient cherchant le tombeau d'Arthur, tué cette nuit, disent-ils, par votre ordre.

LE ROI JEAN.- Cher cousin, va, mêle-toi à leur compagnie; je sais un moyen de regagner leur affection: amène-les-moi.

LE BATARD.- Je vais tâcher de les rencontrer.

LE ROI JEAN.- Oui, mais dépêche-toi; toujours le meilleur pied devant. Oh ! ne laisse pas mes sujets devenir mes ennemis, au moment où des étrangers en armes viennent effrayer mes villes de l'appareil menaçant d'une invasion formidable. Sois un Mercure, mets des ailes à tes talons; et rapide comme la pensée, reviens d'eux à moi.

LE BATARD.- L'esprit du temps m'enseignera la diligence.

(Il sort.)

LE ROI JEAN.- C'est parler en vaillant et noble chevalier. (*Au messager.*)- Suis-le, car il aura peut-être besoin de quelque messager entre les pairs et moi. Ce sera toi.

LE MESSAGER.- De grand coeur, mon souverain.

(Il sort.)

LE ROI JEAN.- Ma mère morte !

(Entre Hubert.)

HUBERT.- Seigneur, on dit que cette nuit on a vu cinq lunes: quatre fixes, et la cinquième tournant autour des quatre autres avec une rapidité étonnante.

LE ROI JEAN.- Cinq lunes !

HUBERT.- Des vieillards et des fous prophétisent là-dessus dans les rues d'une manière dangereuse. La mort du jeune Arthur est dans toutes les bouches. En s'entretenant de lui, ils secouent la tête, chuchotent à l'oreille l'un de l'autre: celui qui parle serre le poignet de celui qui écoute, tandis que celui qui écoute exprime son effroi par des froncements de sourcil, des signes de tête et des roulements d'yeux.- J'ai vu un forgeron rester ainsi avec son marteau tandis que son fer refroidissait sur l'enclume pour dévorer, la bouche béante, les nouvelles que lui contait un tailleur qui, ses ciseaux et son aune à la main, debout dans ses pantoufles que dans son vif empressement il avait chaussées de travers et mises au mauvais pied, parlait de bien des milliers de Français belliqueux qui étaient déjà rangés en bataille dans le pays de Kent. Un autre ouvrier maigre et tout sale vint interrompre son récit pour parler de la mort d'Arthur.

LE ROI JEAN.- Pourquoi cherches-tu à me remplir l'âme de toutes ces terreurs ? Pourquoi reviens-tu si souvent sur la mort du jeune Arthur ? C'est ta main qui l'a assassiné: j'avais de puissantes raisons de souhaiter sa mort, mais tu n'en avais aucune de le tuer.

HUBERT.- Aucune, seigneur ? Quoi ! ne m'y avez-vous pas excité ?

LE ROI JEAN.- C'est la malédiction des rois d'être environnés d'esclaves qui regardent leurs caprices comme une autorisation d'aller briser de force la sanglante demeure de la vie; qui voient un ordre dans le moindre clin d'oeil de l'autorité, et s'imaginent deviner les intentions menaçantes du souverain dans un regard irrité, qui vient peut-être d'humeur, plutôt que d'aucun motif réfléchi.

HUBERT.- Voilà votre seing et votre sceau comme garantie de ce que j'ai fait.

LE ROI JEAN.- Oh ! quand se rendra le dernier compte entre le ciel et la terre, cette signature et ce sceau déposeront contre nous pour notre damnation.- Combien de fois la vue des moyens de commettre une mauvaise action a-t-elle fait commettre cette mauvaise action ! Si tu n'avais pas été près de moi, toi, un misérable choisi, marqué, désigné par la main de la nature pour accomplir de honteuses actions, jamais l'idée de ce meurtre ne fût entrée dans mon âme. Mais en remarquant ton visage odieux, te voyant propre à quelque sanglante infamie, tout fait, tout disposé pour être employé à des actes dangereux, je m'ouvris faiblement à toi de la mort d'Arthur: et toi, pour gagner la faveur d'un roi, tu ne t'es pas fait scrupule de détruire un prince !

HUBERT.- Seigneur !....

LE ROI JEAN.- Si tu avais seulement secoué la tête, si tu avais gardé un moment le silence quand je te parlais à mots couverts de mes desseins; si tu avais fixé sur moi un regard de doute comme pour me demander de m'expliquer en paroles expresses, une honte profonde m'eût soudain rendu muet, m'eût fait rompre l'entretien, et tes craintes auraient fait naître en moi des craintes: mais tu m'as entendu par signes, et c'est par signe que tu as parlementé avec le péché. Oui ! c'est sans un seul instant de retard que ton coeur s'est laissé persuader, et que ta main cruelle s'est hâtée en conséquence d'accomplir l'action que nos deux bouches avaient honte d'exprimer !- Ote-toi de mes yeux, et que je ne te revoie jamais !- Ma noblesse m'abandonne, une armée étrangère vient jusqu'à mes portes braver ma puissance: que dis-je ! au dedans même de ce pays de chair, de cet empire où se renferment le sang et la vie, éclatent les hostilités, et la guerre civile règne entre ma conscience et la mort de mon cousin.

HUBERT.- Armez-vous contre vos autres ennemis; je vais faire la paix entre votre âme et vous; le jeune Arthur est vivant. Cette main est encore innocente et vierge, et ne s'est point teinte des taches rouges du sang: jamais encore n'est entré dans ce sein le terrible sentiment d'une pensée meurtrière; et vous avez calomnié la nature dans mon visage, qui, bien que rude à l'extérieur, couvre une âme trop belle pour être le boucher d'un enfant innocent.

LE ROI JEAN.- Quoi ! Arthur vit ? Oh ! cours promptement vers les pairs; jette cette nouvelle sur leur fureur allumée, fais-les rentrer sous le joug de l'obéissance. Pardonne-moi le jugement que ma colère portait sur ta physionomie, car ma fureur était aveugle; et les affreux traits de sang dont te couvrait mon imagination te représentaient plus hideux que tu ne l'es. Oh ! ne me réplique pas; mais hâte-toi autant qu'il sera possible d'amener dans mon cabinet les lords irrités: je t'en conjure bien lentement; cours plus vite.

(Ils sortent.)

SCÈNE III

La scène est toujours en Angleterre !- Devant le château.

ARTHUR *paraît sur le mur*.

ARTHUR.- Le mur est bien haut ! et cependant je vais sauter en bas. O bonne terre, aie pitié de moi, et ne me fais pas mal.- Peu de gens ici me connaissent, ou plutôt personne; et quand on me connaîtrait, cet habit de mousse me déguise tout à fait.- J'ai peur; cependant je vais me risquer: si j'arrive en bas sans me briser les membres je trouverai mille moyens pour m'évader. Autant mourir en fuyant que rester ici pour mourir. *(Il saute.)* Hélas ! le coeur de mon oncle est dans ces pierres. Ciel, reçois mon âme ! et toi, Angleterre, conserve mon corps !

(Il meurt.)

(Entrent Pembroke, Salisbury, Bigot.)

SALISBURY.- Milords, je l'ai trouvé à Saint-Edmonsbury: c'est notre sûreté, et nous devons saisir l'heureuse occasion que nous présente ce moment dangereux.

PEMBROKE.- Qui vous a apporté cette lettre de la part du cardinal ?

SALISBURY.- C'est le comte de Melun, un noble seigneur français, qui m'a donné en particulier, de l'affection que nous porte le dauphin, des témoignages bien plus étendus que n'en renferment ces lignes.

BIGOT.- Alors, partons demain matin pour l'aller trouver.

SALISBURY.- Partons plutôt à l'instant; car nous avons, milords, deux grandes journées de marche avant de le joindre.

(Entre le Bâtard.)

LE BATARD.- Heureux de vous rencontrer encore une fois aujourd'hui, milords les mécontents ! le roi par ma bouche requiert à l'instant votre présence.

SALISBURY.- Le roi s'est lui-même privé de nous; nous ne voulons pas doubler de nos dignités sans tache son mince manteau tout souillé; nous ne suivrons point ses pas, qui laissent partout où il passe des empreintes sanglantes. Retourne le lui dire: nous savons tout.

LE BATARD.- Quelles que soient vos pensées, de bonnes paroles, il me semble, conviendraient mieux.

SALISBURY.- Ce sont nos griefs qui parlent en ce moment, et non pas nos égards.

LE BATARD.- Mais vous avez peu de raison d'avoir des griefs: la raison serait donc de montrer des égards.

PEMBROKE.- Monsieur, monsieur, l'impatience a ses priviléges.

LE BATARD.- Cela est vrai; celui de faire tort à son maître, à personne autre.

SALISBURY.- Voici la prison.(*Voyant le corps d'Arthur.*) Qui est là étendu par terre ?

PEMBROKE.- O mort ! que te voilà enorgueillie d'une pure et noble beauté ! La terre n'a pas eu un trou pour cacher ce forfait !

SALISBURY.- Le meurtre, comme s'il abhorrait lui-même ce qu'il a fait, reste découvert à vos yeux pour vous exciter à la vengeance.

BIGOT.- Ou bien, après avoir dévoué au tombeau tant de beauté, il l'a trouvée d'un prix trop illustre pour le tombeau.

SALISBURY.- Sir Richard, que pensez-vous ? Avez-vous jamais vu, avez-vous lu, pouviez-vous imaginer, imaginez-vous même à présent que vous le voyez, ce que vous voyez, et si vous n'aviez pas cet objet présent, la pensée pourrait-elle en concevoir un semblable ? Oui, c'est le comble, la sommité, le cimier, ou plutôt c'est cimier sur cimier dans les armoiries du meurtre: oh ! c'est la plus sanglante infamie, la barbarie la plus sauvage, le coup le plus lâche que jamais la colère à l'oeil de pierre, ou la rage à l'oeil fixe, ait offert aux larmes de la tendre pitié.

PEMBROKE.- Cet assassinat absout tous ceux qui ont jamais été commis; et ce forfait unique, incomparable, donnera à tous les crimes à naître une certaine pureté et une certaine sainteté. Après l'exemple de cet affreux spectacle, la mortelle effusion du sang ne peut plus être qu'un jeu.

LE BATARD.- C'est une action sanglante et damnable; c'est l'action réprouvée d'une main brutale, si cependant c'est l'ouvrage d'une main.

SALISBURY.- Si c'est l'ouvrage d'une main ! Nous avons eu d'avance quelque ouverture de ce qui devait arriver: c'est l'ouvrage honteux de la main d'Hubert; le projet et le complot viennent du roi, auquel dès ce moment mon âme retire toute obéissance. A genoux devant cette ruine d'une belle vie, j'exhalerai pour encens, devant cette perfection privée de respiration, un voeu, le voeu sacré de ne goûter aucun des plaisirs du monde, de ne jamais me laisser séduire par les délices, de ne connaître ni l'aise ni le loisir, avant que j'aie illustré ce bras par le sacrifice de la vengeance.

PEMBROKE ET BIGOT.- Nos âmes s'unissent religieusement à ton serment.

(Entre Hubert.)

HUBERT.- Milords, je me suis mis en nage en courant pour vous retrouver. Arthur est vivant: le roi m'envoie vous chercher.

SALISBURY.- Vraiment, il est hardi ! la vue de la mort ne le fait pas rougir.- Loin de nos yeux, détestable scélérat ! va-t'en.

HUBERT.- Je ne suis point un scélérat.

SALISBURY, *tirant son épée.*- Faudra-t-il que je vole la loi ?

LE BATARD.- Votre épée est brillante, monsieur; remettez-la à sa place.

SALISBURY.- Non pas jusqu'à ce que je lui aie fait un fourreau de la peau d'un assassin.

HUBERT.- Arrière, lord Salisbury, arrière, vous dis-je: par le ciel, je crois mon épée aussi bien affilée que la vôtre. Je ne voudrais pas, milord, que, vous oubliant ainsi, vous tentassiez le danger de m'obliger à une légitime défense, de peur qu'à la vue de votre colère je ne vinsse à oublier votre mérite, votre grandeur et votre noblesse.

BIGOT.- Hors d'ici, homme de boue. Oses-tu braver un noble ?

HUBERT.- Non, pour ma vie; mais j'oserai défendre ma vie innocente contre un empereur.

SALISBURY.- Tu es un assassin.

HUBERT.- Ne me forcez pas à le devenir: jusqu'à cette heure je ne le suis point. Quiconque permet à sa langue de dire une fausseté ne dit pas la vérité; et quiconque ne dit pas la vérité ment.

PEMBROKE.- Hachez-le en pièces.

LE BATARD.- Gardez la paix, vous dis-je.

SALISBURY.- Ne vous en mêlez pas, Faulconbridge, ou je tombe sur vous.

LE BATARD.- Mieux vaudrait pour toi tomber sur le diable, Salisbury. Si tu t'avises seulement de me regarder de travers ou de faire un pas en avant, ou si tu permets à ton impudente colère de m'insulter, tu es mort. Remets ton épée sans délai, ou je vous hacherai de telle sorte, vous et votre fer à tartines, que vous croirez le diable sorti des enfers.

BIGOT.- Que prétends-tu, renommé Faulconbridge ? Veux-tu être le champion d'un traître, d'un meurtrier ?

HUBERT.- Milord, je ne suis ni l'un ni l'autre.

BIGOT.- Qui a tué ce prince ?

HUBERT.- Il n'y a pas encore une heure que je l'ai laissé bien portant: je l'honorais, je l'aimais, et je passerai ma vie à pleurer la perte de sa douce vie.

SALISBURY.- Ne vous fiez point à ces larmes feintes qui coulent de ses yeux. Les pleurs ne manquent pas à la scélératesse; et lui, qui en a une longue habitude, leur donne l'apparence d'un fleuve de tendresse et d'innocence. Venez avec moi, vous tous dont l'âme abhorre l'odeur infecte d'un abattoir: cette vapeur de crime me suffoque.

BIGOT.- Allons vers Bury; allons y rejoindre le dauphin.

PEMBROKE.- Va dire au roi qu'il peut venir nous y chercher.

(Les lords sortent.)

LE BATARD.- L'honnête monde que le nôtre ! *(A Hubert.)*- Avez-vous eu connaissance de ce beau chef-d'oeuvre ?- Hubert, si c'est toi qui as commis cette oeuvre de mort, tu es damné sans que l'immensité infinie de la miséricorde du ciel puisse t'atteindre.

HUBERT.- Écoutez-moi seulement, monsieur.

LE BATARD.- Ah ! je te dirai une chose, tu es damné aussi noir.... Non, il n'y a rien de si noir que toi: tu es damné plus à fond que le prince Lucifer; il n'y a pas encore un diable d'enfer aussi hideux que tu le seras, si c'est toi qui as tué cet enfant.

HUBERT.- Sur mon âme....

LE BATARD.- Si tu as seulement consenti à cette cruelle action, tu n'as pas d'autre parti que le désespoir; et, à défaut de corde, le fil le plus mince qu'une araignée ait jamais tiré de ses entrailles suffira pour t'étrangler: un jonc sera une potence suffisante pour te pendre: ou si tu veux te noyer, mets un peu d'eau dans une cuiller; et pour étouffer un scélérat tel que toi, cela vaudra tout l'Océan.- Je te soupçonne violemment.

HUBERT.- Si par action, consentement, ou seulement par le péché de la pensée, je suis coupable d'avoir dérobé cet aimable souffle à la belle enveloppe d'argile où il était renfermé, que l'enfer n'ait pas assez de douleurs pour me torturer !- Je l'avais laissé bien portant.

LE BATARD.- Va, prends-le dans tes bras. Je suis troublé, il me semble, et je perds mon chemin à travers les épines et les dangers de ce monde.- Comme tu portes légèrement toute l'Angleterre ! De cette portion défunte de royauté se sont envolés vers le ciel la vie, le droit, la justice de tout ce royaume, laissant l'Angleterre se débattre et lutter pour séparer à belles dents le droit sans maître de l'orgueilleux étalage du pouvoir; maintenant, pour arracher cet os décharné de la souveraineté, le dogue grondant de la guerre hérisse sa crinière irritée, et grogne au nez de la douce paix; maintenant se liguent ensemble les forces du dehors et les mécontentements du dedans; et l'immense confusion plane comme un corbeau sur un animal expirant, en attendant la chute imminente de la puissance arrachée de son trône. Heureux maintenant celui dont la ceinture et le manteau pourront résister à cette tempête !- Emporte cet enfant, et suis-moi en diligence. Je vais trouver le roi: nous avons en un instant mille affaires sur les bras, et le ciel même regarde cette terre d'un oeil de courroux.

(Ils sortent.)

FIN DU QUATRIÈME ACTE.

ACTE CINQUIÈME

SCÈNE I

La scène est toujours en Angleterre.- Un appartement dans le palais.

Entrent LE ROI JEAN, PANDOLPHE *tenant la couronne; suite.*

LE ROI JEAN.- Ainsi j'ai remis dans vos mains la couronne de ma gloire.

PANDOLPHE, *lui rendant la couronne.*- Reprenez-la de ma main, comme tenant du pape votre grandeur et votre autorité souveraine.

LE ROI JEAN.- Maintenant accomplissez votre parole sacrée. Allez au camp des Français, et employez tout le pouvoir que vous tenez de Sa Sainteté pour arrêter leur marche avant que nous soyons en flammes. Notre noblesse mécontente se révolte, notre peuple se refuse à l'obéissance et jure amour et allégeance à un sang étranger, au roi d'un autre pays. Vous seul conservez le pouvoir de neutraliser cette inondation d'humeurs pernicieuses. Ne tardez donc pas: le moment présent est si malade, que si le remède n'est présentement administré, nous allons tomber dans un danger incurable.

PANDOLPHE.- Ce fut mon souffle qui excita cette tempête pour punir votre conduite obstinée envers le pape; mais puisque vous voilà soumis et converti, ma langue va calmer l'orage de guerre et ramener le beau temps dans votre croyance trouble. Souvenez-vous bien du serment d'obéissance qu'en ce jour de l'Ascension vous avez prêté au pape. Je vais trouver les Français pour leur faire poser les armes.

(Il sort.)

LE ROI JEAN.- Est-ce aujourd'hui le jour de l'Ascension ? Le prophète n'avait-il pas prédit que le jour de l'Ascension, avant midi, je renoncerais à ma couronne ? C'est en effet ce qui est arrivé; mais j'avais cru que ce ce serait par contrainte, et grâce au ciel, je l'ai cédée volontairement[21].

[Note 21: Dans l'acte où Jean reconnaît son royaume vassal et tributaire du saint-siége, il déclare n'avoir pas été contraint par la crainte, mais avoir agi par sa libre volonté. On ne sait si c'est une malice ou une ingénuité du poëte d'avoir conservé ces paroles.]

(Entre le Bâtard.)

LE BATARD.- Tout le Kent s'est rendu; il n'y a plus que le château de Douvres qui tienne encore. Londres vient de recevoir le dauphin et son armée comme des hôtes chéris. Vos nobles refusent de vous entendre et sont allés offrir leurs services à votre ennemi; et le trouble de la frayeur disperse çà et là le petit nombre de vos douteux amis.

LE ROI JEAN.- Mes nobles n'ont-ils donc pas voulu revenir à moi quand ils ont appris que le jeune Arthur était vivant ?

LE BATARD.- Ils l'ont trouvé mort et jeté dans la rue; cassette vide d'où le joyau de la vie avait été dérobé et emporté par quelque damnable main.

LE ROI JEAN. Ce traître d'Hubert m'avait dit qu'il était vivant.

LE BATARD.- Sur mon âme, il l'a dit parce qu'il le croyait.- Mais pourquoi vous laisser ainsi abattre ? Pourquoi cet air triste ? soyez grand en action comme vous l'avez été en pensée: que le monde ne voie pas la crainte et le découragement gouverner les regards d'un roi. Soyez prompt comme les événements; montrez-vous de feu avec le feu; menacez qui vous menace; faites tête aux terreurs qui veulent vous épouvanter. Ainsi les inférieurs, qui, l'oeil sur les grands, les prennent pour modèles de leur conduite, deviendront grands à votre exemple et revêtiront l'esprit intrépide du courage. Allons, brillez comme le dieu de la guerre quand il se prépare à tenir la plaine. Montrez-vous plein d'audace et d'une ambitieuse confiance. Quoi ! faudra-t-il qu'ils viennent chercher le lion dans son antre, qu'ils viennent l'y effrayer, l'y faire trembler ? Oh ! qu'on ne dise pas cela ! Parcourez le pays, courez chercher le mécontentement hors de vos portes, et luttez avec lui avant de le laisser arriver si près.

LE ROI JEAN.- Le légat du pape vient de me quitter: je me suis heureusement réconcilié avec lui, et il m'a promis de congédier l'armée que commande le dauphin.

LE BATARD.- Oh ! traité honteux ! Quoi ! lorsqu'une armée envahissante aborde dans notre pays, nous enverrons des paroles pacifiques, nous aurons recours aux compromis, aux insinuations, aux pourparlers, à de honteuses trêves ? Un enfant sans barbe, un étourdi élevé dans la soie, viendra braver nos champs de bataille, et témoigner son courage sur ce sol belliqueux, insultant les airs de ses enseignes vainement déployées, et il ne trouvera aucune résistance ? Non: courons aux armes, mon prince. Peut-être que le cardinal ne pourra vous obtenir la paix; mais s'il l'obtient, qu'on puisse dire au moins qu'ils ont vu que nous avions l'intention de nous défendre.

LE ROI JEAN.- Eh bien ! prenez la conduite de nos affaires actuelles.

LE BATARD.- Allons donc et courage. Je suis bien sûr que nous sommes encore en état de faire face à des ennemis plus terribles.

(Ils sortent.)

SCÈNE II

Une plaine près de Saint-Edmonsbury[22].

Entrent en armes LOUIS, SALISBURY, MELUN, PEMBROKE, BIGOT, *soldats*.

[Note 22: Shakspeare n'a point ici déterminé le lieu de la scène; mais d'après l'intention annoncée des lords de rejoindre Louis à Saint-Edmonsbury, et ce que dit ensuite Melun des serments prononcés en ce lieu, les derniers éditeurs ont cru pouvoir y placer cette scène.]

LOUIS, *à Melun*.- Sire de Melun, faites faire une copie de ceci, gardez-la soigneusement pour nous en conserver la mémoire; remettez l'original à ces seigneurs, afin que lorsque nous y aurons apposé nos noms, eux et nous, nous puissions, en lisant cet écrit, savoir à quoi nous nous sommes engagés par serment, et que nous gardions notre foi ferme et inviolable.

SALISBURY.- Elle ne sera jamais violée de notre côté; mais, noble dauphin, bien que nous jurions de servir vos desseins avec un zèle libre et une fidélité volontaire, cependant croyez-moi, prince, je ne puis me réjouir de voir que les plaies de l'État demandent pour appareil une révolte déshonorante, et que, pour guérir l'ulcère invétéré d'une seule blessure, il en faille ouvrir plusieurs. Oh ! cela désole mon âme de prendre ce fer à mon côté pour faire des veuves, et dans ce pays, ô ciel ! qui répète le nom de Salisbury pour lui demander du secours et une honorable délivrance ! Mais la maladie de notre temps est telle que, pour rendre à nos droits la vigueur et la santé, nous n'avons d'autre instrument que la main de la dure injustice et du coupable désordre.- Et n'est-ce pas une pitié, ô mes tristes amis, que nous les fils, les enfants de cette île, soyons nés pour voir une heure aussi triste, pour fouler son sein chéri à la suite d'une armée étrangère et remplir les rangs de ses ennemis ?- Oh ! j'ai besoin de me retirer à l'écart, et de pleurer sur la honte d'une pareille nécessité.- Nous servons de cortége à la noblesse d'un pays éloigné, et nous suivons des couleurs inconnues dans ces lieux. Quoi ! dans ces lieux ? O ma nation ! si tu pouvais t'éloigner ? Si les bras de Neptune qui t'enserrent pouvaient t'emporter loin de la connaissance de toi-même, pour t'enraciner sur des rivages infidèles ? Alors ces deux armées chrétiennes pourraient unir dans une veine d'alliance ce sang qu'anime la colère, et ne le répandraient pas d'une manière si contraire au bon voisinage.

LOUIS.- Tu montres en ceci un noble caractère, et les grandes affections qui luttent dans ton sein font un tremblement de terre de générosité. Oh ! quel noble combat tu as livré entre la nécessité et un loyal respect ! Laisse-moi essuyer cette honorable rosée qui trace sur tes joues son cours argenté. Mon coeur s'est attendri aux larmes d'une femme; c'est une inondation ordinaire, mais l'effusion de ces pleurs mâles, cette pluie que chasse de son souffle la tempête de l'âme, étonnent mes yeux et me frappent de plus de stupeur que si je voyais sur la voûte élevée des cieux se dessiner de toutes parts de brûlants météores. Lève ton front, illustre Salisbury, et chasse avec un grand coeur cette tempête: renvoie ces pleurs aux yeux d'enfants qui n'ont jamais vu le géant du monde dans ses fureurs, qui n'ont jamais rencontré d'autres aventures que les fêtes animées de l'ardeur de la jeunesse, de la joie et du bavardage. Viens, viens, car tu enfonceras ta main dans la bourse de l'opulente prospérité, aussi avant que Louis lui-même.- Et vous aussi, nobles qui unissez à mes forces le nerf des vôtres.(*Entre Pandolphe avec sa suite.*)- Et tenez, il me semble qu'un ange a parlé, voyez le saint légat s'avancer vers nous à grands pas; pour nous donner une garantie de la part du ciel et pour attacher à nos actions, par sa voix sacrée, le nom de justice.

PANDOLPHE.- Salut, noble prince de France. Voici ce que j'ai à vous dire: Le roi Jean s'est réconcilié avec Rome; son âme est rentrée sous le pouvoir de la sainte Église, de la grande métropole, du siége de Rome, contre lesquels il était si fort révolté. Ainsi, repliez vos étendards menaçants, et adoucissez l'esprit sauvage de la guerre furieuse; que, comme un lion nourri à la main, elle repose tranquillement aux pieds de la paix, et n'ait plus rien d'effrayant que l'apparence.

LOUIS.- Il faut que Votre Grandeur me le pardonne, mais je ne retournerai point en arrière. Je suis de trop bon lieu pour appartenir à personne, pour être aux ordres comme agent secondaire, comme serviteur utile, comme instrument, de quelque puissance souveraine qui soit au monde: c'est vous qui le premier avez, entre ce royaume châtié et moi rallumé de votre souffle les charbons éteints de la guerre; c'est vous qui avez apporté le bois pour nourrir ce feu: il est beaucoup trop grand maintenant pour que le faible vent qui l'a allumé puisse l'éteindre. Vous m'avez enseigné à voir la justice sous sa véritable face; vous m'avez instruit de mes droits sur ce royaume. Quoi ! vous seul avez fait entrer dans mon coeur cette entreprise, et vous venez me dire aujourd'hui: «Jean a fait sa paix avec Rome !» Et que me fait cette paix à moi ? Moi, par les droits de mon lit nuptial, le jeune Arthur mort, je réclame ce pays comme m'appartenant; et maintenant qu'il est à moitié conquis, il faudra que je recule parce que Jean a fait sa paix avec Rome ! Suis-je l'esclave de Rome ? De quel argent Rome a-t-elle contribué ? quels soldats m'a-t-elle fournis ? quelles munitions m'a-telle envoyées pour aider à cette entreprise ? N'est-ce pas moi qui en porte le fardeau ? Quels autres que moi et ceux qui obéissent à mon appel donnent leurs sueurs à cette cause et soutiennent cette guerre ? N'ai-je pas entendu ces insulaires crier *vive le roi* ! au moment où je côtoyais leurs villes ? n'ai-je pas les plus belles cartes dans le jeu pour gagner cette facile partie où se joue une couronne ? Et il faudra que j'abandonne la mise que j'ai déjà gagnée ! Non, non, sur mon âme, c'est ce qu'on ne dira jamais.

PANDOLPHE.- Vous ne considérez que les dehors de cette affaire.

LOUIS.- Dehors ou dedans, je ne m'en retournerai point que mon entreprise ne soit couronnée de toute la gloire qui a été promise à mes vastes espérances avant que j'eusse rassemblé cette brillante élite de la guerre, que j'eusse choisi dans le monde entier ces ardents courages, pour marcher le front haut à la conquête, et conquérir le renom jusque dans la gueule du péril et de la mort.(*Une trompette sonne.*)- De quoi vient nous sommer cette vigoureuse trompette ?

(Entre le Bâtard avec une suite.)

LE BATARD.- En vertu du droit des gens, je dois avoir audience; je suis envoyé pour vous parler.- Monseigneur de Milan, je viens de la part du roi apprendre comment vous avez traité pour lui, et, selon ce que vous me répondrez, je saurai dans quelle étendue et dans quelles limites je dois renfermer mes paroles.

PANDOLPHE.- Le dauphin est trop obstiné dans ses refus, et ne veut accorder aucune trêve à mes instances. Il répond nettement qu'il ne quittera point les armes.

LE BATARD.- Par tout le sang qu'a jamais pu respirer la fureur, le jeune homme a bien répondu. Maintenant écoutez notre roi d'Angleterre, car c'est ainsi que Sa Majesté parle par ma bouche: il est tout prêt, et c'est bien raison qu'il le soit; il se rit de cette singerie d'attaque sans aucune espèce d'étiquette, de cette mascarade militaire, de cette imprudente orgie, de cette audace imberbe et de ces bataillons d'enfants; et il est bien préparé à chasser, le fouet à la main, de l'enceinte de ses domaines, cette guerre de nains, ces pygmées en armes. Cette main qui a eu la force de vous fustiger à votre porte même et de vous faire sauter sur les toits, qui vous a obligés de plonger comme des seaux dans vos puits les plus cachés, de vous tapir sous la litière du plancher de vos écuries, de demeurer enfermés comme des pions dans des coffres et des caisses, de vous tenir serrés contre les pourceaux, et de chercher la douce sûreté dans les tombeaux et les prisons, frissonnant et tremblant au seul cri des corbeaux de votre pays dont vous preniez la voix pour celle d'un Anglais armé; cette main victorieuse qui vous a châtiés dans vos maisons sera-t-elle ici plus faible ? Non; sachez que notre vaillant monarque a pris les armes, et que, comme l'aigle, il plane au-dessus de son aire pour fondre sur l'importun qui approche de son nid.- Et vous, hommes dégénérés, rebelles ingrats; vous, Nérons sanguinaires, qui déchirez le sein de l'Angleterre, votre bonne mère, rougissez de honte: vos femmes, vos filles au pâle visage, semblables à des amazones, s'avancent d'un pas léger à la suite des tambours; elles ont changé leurs dés en gantelets de fer, leurs aiguilles en lances, et à la douceur de leur coeur ont succédé des inclinations martiales et sanguinaires.

LOUIS.- Finis là tes bravades, et tourne le dos en paix. Nous convenons que tu peux l'emporter sur nous en injures. Bonsoir; nous tenons notre temps pour trop précieux pour le perdre avec un pareil braillard.

PANDOLPHE.- Permettez-moi de parler.

LE BATARD.- Non, c'est moi qui vais parler.

LOUIS.- Nous n'écouterons ni l'un ni l'autre.- Battez le tambour, et que la voix de la guerre établisse la légitimité de nos droits et de notre présence.

LE BATARD.- Oui, sans doute, vos tambours vont crier quand vous les battrez, et vous en ferez autant quand vous serez battus. Que le bruit d'un de tes tambours réveille seulement un écho, et dans le même instant un autre tambour déjà suspendu te renverra un son tout aussi bruyant que le tien. Fais-en retentir un autre, et un second ira aussi bruyant que le tien ébranler l'oreille du firmament, et insulter le tonnerre à la bouche sonore. Ne se fiant pas à ce légat qui boite des deux côtés et dont il s'est servi par jeu plutôt que par nécessité, le belliqueux Jean est là tout près: sur son front siège la mort aux côtes décharnées, dont l'occupation sera aujourd'hui de se régaler de milliers de Français.

LOUIS.- Battez, tambours, que nous allions chercher ce danger.

LE BATARD.- Et tu le trouveras, dauphin, n'en doute pas.

(Ils sortent.)

SCÈNE III

La scène est toujours en Angleterre.- Un champ de bataille.

Alarmes.- Entrent LE ROI JEAN ET HUBERT.

LE ROI JEAN.- Comment la journée tourne-t-elle pour nous ? Oh ! dis-le-moi, Hubert.

HUBERT.- Mal, j'en ai peur. Comment se trouve Votre Majesté ?

LE ROI JEAN.- Cette fièvre, qui me tourmente depuis si longtemps, m'accable tout à fait. Oh ! mon coeur est malade.

(Entre un messager.)

LE MESSAGER.- Seigneur, votre brave cousin, Faulconbridge, prie Votre Majesté de quitter le champ de bataille, et de lui faire savoir par moi la route que vous prendrez.

LE ROI JEAN.- Dis-lui du côté de Swinstead, à l'abbaye de ce lieu.

LE MESSAGER.- Ayez bon courage: le puissant secours que le dauphin attendait ici a fait naufrage, il y a trois nuits, sur les sables de Godwin. Cette nouvelle vient à l'instant même d'être apportée à Richard. Les Français combattent mollement, et commencent à se retirer.

LE ROI JEAN.- Hélas ! cette cruelle fièvre me consume et ne me laisse pas la force de jouir de cette heureuse nouvelle. Marchons vers Swinstead; qu'on me mette à l'instant dans ma litière: la faiblesse s'est emparée de moi, et je me sens défaillir.

(Ils sortent.)

SCÈNE IV

Un autre endroit sur le champ de bataille.

SALISBURY, PEMBROKE, BIGOT.

SALISBURY.- Je ne croyais pas que le roi conservât autant d'amis.

PEMBROKE.- Retournons encore à la charge; ranimons l'ardeur des Français: s'ils échouent, nous échouons aussi.

SALISBURY.- Ce diable de bâtard, ce Faulconbridge, en dépit de tout, maintient à lui seul le combat.

PEMBROKE.- On dit que le roi Jean, dangereusement malade, a quitté le champ de bataille.

(Entre Melun blessé et conduit par des soldats.)

MELUN.- Conduisez-moi vers les rebelles d'Angleterre que j'aperçois ici.

SALISBURY.- Tant que nous fûmes heureux on nous donna d'autres noms.

PEMBROKE.- C'est le comte de Melun !

SALISBURY.- Blessé à mort.

MELUN.- Fuyez, nobles Anglais. Vous êtes vendus et achetés: retirez-vous des cruels engagements où vous vous êtes enfilés[23]; accueillez de nouveau la fidélité bannie. Cherchez le roi Jean et tombez à ses pieds; car si le Français a l'avantage dans cette tumultueuse journée, il se propose de récompenser les peines que vous vous donnez en vous faisant trancher la tête. Il en a fait le serment, et je l'ai juré avec lui, et d'autres encore l'ont juré avec moi sur l'autel de Saint-Edmonsbury, sur le même autel où nous vous jurâmes une tendre amitié et un attachement éternel[24].

[Note 23: *Unthread the rude eye of rebellion*: Désenfilez le cruel trou d'aiguille de la rébellion.]

[Note 24: On répandit en effet que le vicomte de Melun, tombé malade à Londres, sentant les approches de la mort, et pressé par sa conscience, avait fait avertir les Anglais, qui avaient embrassé le parti de Louis, que le projet de ce prince était de les exterminer eux et leur famille, pour distribuer leurs propriétés à ses courtisans. Ce conte, absurde, trop appuyé par l'imprudente préférence que Louis montrait en toute occasion pour les Français, fut très-accrédité, et contribua singulièrement à la défection des Anglais.]

SALISBURY.- Est-il possible ? serait-il vrai ?

MELUN.- N'ai-je pas devant les yeux la hideuse mort, ne retenant plus qu'un reste de vie qui s'échappe avec mon sang, comme se dissout près du feu la forme d'une figure de cire ? Qu'y a-t-il au monde qui pût maintenant me porter à tromper, puisque je vais perdre les avantages de toute imposture ? Comment voudrais-je dire ce qui est faux, puisqu'il est vrai que je dois mourir ici, et que je ne puis vivre ailleurs que par la vérité ? Je vous le répète, si Louis remporte la victoire, il se parjurera si jamais vos yeux revoient naître à l'orient une nouvelle aurore. Dans cette nuit même, dont le souffle noir et contagieux fume déjà autour de la chevelure brûlante d'un vieux et faible soleil fatigué du jour; dans cette nuit fatale, vous rendrez le dernier soupir, et l'on vous fera traîtreusement payer par la perte de votre vie à tous[25] l'amende à laquelle a été taxée votre trahison, dans le cas où, par votre secours, Louis aurait l'avantage de la journée. Parlez de moi à un nommé Hubert qui accompagne votre roi: mon affection pour lui, et cet autre motif que mon grand-père était Anglais, ont éveillé ma conscience et m'ont déterminé à vous confesser tout ceci. Pour récompense, je vous prie de m'emporter d'ici, loin du tumulte et du bruit du champ de bataille, dans quelque lieu où je puisse penser en paix le reste de mes pensées, et où mon âme et le corps puissent se séparer dans la contemplation et les désirs pieux.

[Note 25:

Paying the fine of rated treachery Even with a treacherous fine of all your lives.

Fine (amende), et *fine* (fin), jeu de mots impossible à rendre exactement.]

SALISBURY.- Nous te croyons.... Et périsse mon âme si je ne chéris l'aspect et les attraits de cette belle occasion par qui nous allons retourner sur nos pas dans le chemin d'une damnable désertion ! Et comme le flot qui s'avance et se retire, abandonnant nos irrégularités et notre cours déréglé, nous redescendrons dans ces limites que nous avions dédaignées, et coulerons paisiblement dans les bornes de l'obéissance jusqu'à notre océan, notre auguste roi Jean.- Mon bras va aider à t'emporter de ce lieu, car je vois déjà dans tes yeux les cruelles angoisses de la mort.- Allons, mes amis, désertons de nouveau: heureux changement, qui ramène l'ancien droit !

(Ils sortent et emmènent Melun.)

SCÈNE V

La scène est toujours en Angleterre.- Le camp français.

Entre LOUIS *avec sa suite.*

LOUIS.- Il semblait que dans le ciel le soleil se couchait à regret, et qu'il s'arrêtait et couvrait à l'occident le firmament de rougeur, tandis que les Anglais se retiraient faiblement, mesurant à reculons la terre de leur propre pays. Oh ! nous avons brillamment fini, lorsqu'après ce sanglant et laborieux combat nous leur avons dit bonsoir, par une décharge de notre inutile artillerie; et que nous avons glorieusement relevé nos enseignes déchirées, restant les derniers sur le champ de bataille, et presque maîtres du terrain.

(Un messager entre.)

LE MESSAGER.- Où est mon prince, le dauphin ?

LOUIS.- Le voici.- Quelles nouvelles ?

LE MESSAGER.- Le comte de Melun est tué. Les seigneurs anglais, d'après ses conseils, ont de nouveau changé de parti; et vos renforts, que vous désiriez depuis si longtemps, se sont perdus et abîmés dans les sables de Godwin.

LOUIS.- Oh ! les affreuses et détestables nouvelles ! Que ton coeur soit maudit ! Je ne m'attendais pas à éprouver ce soir la tristesse qu'elles me donnent. Qui est-ce qui a dit que le roi Jean avait fui une heure ou deux avant que la nuit tombante vînt séparer nos armées fatiguées ?

LE MESSAGER.- Qui que ce soit qui l'ait dit, il a dit la vérité, seigneur.

LOUIS.- C'est bon.- A nos postes, et faisons bonne garde cette nuit. Le jour ne sera pas levé aussitôt que moi pour tenter les bonnes chances de demain.

(Ils sortent.)

SCÈNE VI

Un endroit découvert dans le voisinage de l'abbaye de Swinstead.

Il est nuit.- LE BATARD ET HUBERT *entrent par différents côtés.*

HUBERT.- Qui va là ? Parle. Holà ! parle vite, ou je tire.

LE BATARD.- Ami.- Qui es-tu, toi ?

HUBERT.- Du parti de l'Angleterre.

LE BATARD.- Où vas-tu ?

HUBERT.- Qu'est-ce que cela te fait ? Ne pourrais-je pas m'enquérir de tes affaires comme toi des miennes ?

LE BATARD.- C'est Hubert, je crois.

HUBERT.- Tu as deviné juste. Je veux bien à tout hasard te croire de mes amis, toi qui reconnais si bien ma voix. Qui es-tu ?

LE BATARD.- Qui tu voudras; et si cela te fait plaisir, tu peux me faire l'amitié de croire que je descends d'un côté des Plantagenets.

HUBERT.- Mauvaise mémoire, c'est toi et l'aveugle nuit qui m'avez fait tort.- Brave soldat, pardonne-moi si mon oreille a pu méconnaître aucun des accents de ta voix.

LE BATARD.- Allons, allons; sans compliment, quelles nouvelles y a-t-il ?

HUBERT.- Eh ! c'était pour vous trouver que je cheminais ici sous les sombres regards de la nuit.

LE BATARD.- Abrége donc: quelles nouvelles ?

HUBERT.- O mon cher monsieur, des nouvelles convenant à la nuit, noires, effrayantes, désespérantes, horribles !

LE BATARD.- Montre-moi où a porté le coup de ces mauvaises nouvelles. Je ne suis pas une femme, et je ne m'évanouirai pas.

HUBERT.- Le roi, je le crains, a été empoisonné par un moine. Je l'ai laissé presque sans voix, et je suis accouru pour vous informer de ce malheur, afin que vous puissiez vous préparer, dans cette crise soudaine, mieux que vous ne l'auriez pu si vous aviez tardé à l'apprendre.

LE BATARD.- Comment a-t-il pris du poison ? qui l'a goûté avant lui ?

HUBERT.- Un moine, vous dis-je, un scélérat déterminé, dont les entrailles ont éclaté à l'instant même. Cependant le roi parle encore, et peut-être pourrait-il en revenir.

LE BATARD.- Qui as-tu laissé auprès de Sa Majesté ?

HUBERT.- Quoi, vous ne savez pas ?.... Tous les seigneurs sont revenus, accompagnés du prince Henri, à la prière duquel le roi leur a pardonné; et ils sont tous autour de Sa Majesté.

LE BATARD.- Ciel tout-puissant, suspends ton courroux, et n'essaye pas de nous faire supporter plus que nous ne pouvons.- Je te dirai, Hubert, que cette nuit la moitié de mes troupes, en passant les sables, ont été surprises par la marée, et ces eaux de Lincoln[26] les ont dévorées. Moi-même, quoique bien monté, j'ai eu peine à me sauver.- Allons, marche devant; conduis-moi vers le roi. Je crains bien qu'il ne soit mort avant que j'arrive.

(Ils sortent.)

[Note 26: Ce fut Jean lui-même qui, passant de Lyrin dans le Lincolnshire, perdit par une inondation, et non par la marée, ses trésors, ses chariots et ses bagages.]

SCÈNE VII

Le verger de l'abbaye de Swinstead.

Entrent LE PRINCE HENRI, SALISBURY ET BIGOT.

HENRI.- Il est trop tard: toute la vie de son sang est atteinte de corruption; et son cerveau même, où quelques-uns placent la fragile demeure de l'âme, annonce par ses vaines rêveries la fin de la vie mortelle.

(Entre Pembroke.)

PEMBROKE.- Sa Majesté parle encore: elle est persuadée que si on la conduisait en plein air, cela calmerait l'ardeur du cruel poison qui la dévore.

HENRI.- Eh bien, il faut le faire porter ici dans le verger. Est-il toujours en fureur ?

(Bigot sort.)

PEMBROKE.- Il est plus calme que lorsque vous l'avez quitté. Tout à l'heure il chantait.

HENRI.- Oh ! illusions de la maladie ! Les maux parvenus à leur dernière violence ne se font pas longtemps sentir. La mort, qui a déjà fait sa proie des parties extérieures, les laisse insensibles et assiège maintenant l'esprit qu'elle harcèle et désole par des légions de fantômes bizarres qui, se pressant en foule à ce dernier assaut, se confondent les uns avec les autres.- C'est une chose étrange que la mort puisse chanter !- Hélas ! je suis le fils de ce cygne faible et épuisé, qui chante l'hymne funèbre de sa mort, et fait sortir des organes d'une voie périssable les sons qui conduisent son âme et son corps à leur repos éternel.

SALISBURY.- Prenez courage, prince, car vous êtes né pour rendre une forme à cette masse qu'il a laissée si irrégulière et si défigurée.

(Rentrent Bigot et la suite, apportant le roi Jean dans une chaise.)

LE ROI JEAN.- Ah ! certes, maintenant mon âme a de la place: elle ne s'en ira pas par les fenêtres ni par les portes. J'ai dans mon sein un été si brûlant, que tous mes intestins se réduisent en poussière. Je ne suis plus qu'un dessin difforme tracé avec une plume sur du parchemin, et je me racornis devant ce feu.

HENRI.- Comment se trouve Votre Majesté ?

LE ROI JEAN.- Empoisonné, fort mal, mort, abandonné, rejeté !.... Et nul de vous ne commandera à l'hiver de venir enfoncer ses doigts de glace entre mes mâchoires, ne conjurera le Nord d'envoyer ses vents glacés caresser mes lèvres desséchées et me soulager par le froid, ne fera couler les rivières de mon royaume dans mon sein consumé ? Je ne vous demande pas grand'chose; je n'implore qu'un froid qui me soulage; et vous êtes assez avares, assez ingrats pour me le refuser !

HENRI.- Oh ! que mes larmes n'ont-elles quelque vertu qui pût vous secourir !

LE ROI JEAN.- Elles sont pleines d'un sel brûlant.- Au dedans de moi est un enfer où le poison est renfermé comme un démon pour tyranniser une vie condamnée et sans espérance.

(Entre le Bâtard hors d'haleine.).

LE BATARD.- Oh ! je suis tout échauffé de la vitesse de ma course, et de l'envie qui me pressait de voir Votre Majesté.

LE ROI JEAN.- Ah ! mon cousin, tu es venu pour me fermer les yeux. Le câble de mon coeur est rompu et brûlé; tous les cordages qui soutenaient les voiles de ma vie se sont changés en un fil, en un petit cheveu; mon coeur n'est plus retenu que par une pauvre fibre qui ne tiendra que le temps d'entendre tes nouvelles; et après, tout ce que tu vois ne sera plus qu'un morceau de terre, le simulacre de la royauté évanouie !

LE BATARD.- Le dauphin se prépare à marcher de ce côté, et Dieu sait comment nous pourrons lui résister; car en une nuit la meilleure partie de mes troupes, avec laquelle j'avais trouvé moyen de faire retraite, s'est perdue à l'improviste dans les eaux, dévorée par le retour inattendu de la marée.

(Le roi meurt.)

SALISBURY.- Vous versez ces nouvelles de mort dans une oreille déjà morte.- Mon souverain ! mon prince !- Tout à l'heure roi, maintenant cela !

HENRI.- C'est ainsi qu'il faut que j'avance pour être arrêté de même ! Quelle sûreté, quelle espérance, quelle stabilité y a-t-il dans ce monde, lorsque ce qui tout à l'heure était un roi n'est plus maintenant que de l'argile ?

LE BATARD.- Es-tu parti ainsi ?- Je ne reste après toi que pour remplir pour toi le devoir de la vengeance; puis mon âme ira te servir dans les cieux, comme elle t'a toujours servi sur la terre.- Vous, astres de l'Angleterre, maintenant rentrés dans votre sphère régulière, où sont vos troupes ? Montrez actuellement le retour de votre fidélité, et revenez sans délai avec moi repousser la destruction et l'éternelle ignominie hors des faibles portes de notre patrie languissante ! Cherchons à l'instant l'ennemi, ou il va nous chercher lui-même: le dauphin accourt en furie sur nos talons.

SALISBURY.- Il paraît que vous n'êtes pas instruit de tout ce que nous savons. Le cardinal Pandolphe est à se reposer dans l'abbaye, où il est arrivé il y a une demi-heure apportant de la part du dauphin, disposé à abandonner sur-le-champ cette guerre, des offres de paix que nous pouvons accepter avec honneur et avec avantage.

LE BATARD.- Il l'abandonnera bien mieux encore lorsqu'il nous verra bien ralliés pour la défense.

SALISBURY.- Mais tout est en quelque sorte fini: il a déjà fait transporter sur les côtes quantité de bagages et remis sa cause et ses prétentions entre les mains du cardinal, avec qui, si vous le jugez à propos, vous et moi et les autres seigneurs, nous partirons en diligence cette après-dînée, pour achever de terminer heureusement cette affaire.

LE BATARD.- Soit.- Et vous, mon noble prince, avec ceux des grands dont on peut le mieux se passer, vous resterez pour les obsèques de votre père.

HENRI.- C'est à Worcester que son corps doit être enterré, car c'est ainsi qu'il l'a ordonné.

LE BATARD.- Il faut donc l'y conduire.- Et vous, cher prince, puissiez-vous revêtir avec bonheur le sceptre héréditaire et glorieux de ce royaume ! C'est avec une soumission entière que je vous transmets à genoux mes fidèles services, et ma soumission éternellement inviolable.

SALISBURY.- Et nous vous offrons de même notre affection, qui demeurera désormais sans tache.

HENRI.- J'ai une âme sensible qui voudrait vous remercier, et ne sait le faire que par des larmes.

LE BATARD.- Oh ! ne donnons à la circonstance que les douleurs nécessaires; nous sommes en avance de chagrin avec le passé.- Cette Angleterre n'est jamais tombée et ne tombera jamais aux pieds orgueilleux d'un vainqueur, qu'elle ne l'ait d'abord aidé elle-même à la blesser. Maintenant que ses chefs sont revenus à elle, que les trois parties du monde viennent armées contre nous, et nous leur tiendrons tête ! Rien ne peut nous accabler si l'Angleterre reste fidèle à elle-même.

(Ils sortent.)

FIN DU CINQUIÈME ET DERNIER ACTE.